ジャックジャンヌ 玉阪の光跡

JACKJEANNE

✦ 原作・イラスト ✦
石田スイ

✦ 小説 ✦
十和田シン

小説 JUMP j BOOKS

人物紹介

QUARTZ
クォーツ

立花希佐《たちばなきさ》

女性であることを隠し、ユニヴェール歌劇学校へ入学した。クォーツ所属。1年生。ジャックとジャンヌ、どちらも演じられる可能性を秘めている。

菅知聖治《すがちきよはる》

海堂岳信《かいどうだけしん》

ONYX
オニキス

加斎 中《かさいあたる》

長山登一《ながやまといち》

ダンテ軍平《だんてぐんぺい》

あらすじ

男性だけで構成された歌劇団、玉阪座《たまさかざ》。その玉阪座へは、ユニヴェール歌劇学校でも、とりわけ優れた生徒のみが入門できる。男役――ジャック――と、女役――ジャンヌ――が織り上げる舞台は、観る者すべてを魅了する。主人公・立花希佐《たちばなきさ》は、とある出来事から、女性であることを偽り、男性だけのユニヴェール歌劇学校へ入学した。自身の夢と、仲間たちとの絆のため、希佐はユニヴェールの日々を駆け抜ける。

そんな希佐と、彼女が暮らす町・『玉阪』の物語――。

高科更文
(たかしなさらふみ)

かつて希佐の兄・継希と組んでいた。ジャンヌの中でも主役格のアルジャンヌを務める。3年生。

睦実 介
(むつみかい)

男役であるジャックの中でも主役格であるジャックエースを任され、フミを支える。3年生。

根地黒門
(ねじこくと)

クォーツの組長。舞台脚本から演出までを手がける才人。3年生。ジャックにジャンヌ、なんでもござれ。

世長創司郎
(よながそうしろう)

希佐の幼馴染みであり、女性であることを知っている、クォーツの同期。1年生。ジャンヌ。

織巻寿々
(おりまきすず)

希佐の同期のムードメーカー。兄・継希にあこがれユニヴェールへ入学した。1年生。ジャック。

白田美ツ騎
(しろたみつき)

高い歌唱力でクォーツの舞台を彩るジャンヌ。個人主義で他人に興味は示さないが……。2年生。

鳳 京士
(おおとりきょうじ)

クォーツでトップの成績を誇る秀才。希佐たちをライバル視する。1年生。ジャック。

RHODONITE
ロードナイト

宇城由樹 (うしろゆき)

忍成 司 (おしなりつかさ)

鳥牧英太 (とりまきえいた)

忍成 稀 (おしなりまれ)

御法川基紘 (みのりかわきいと)

目次

この物語はフィクションです。
実在の人物・団体・事件とはいっさい関係ありません。

ハッピー・アニバーサリー

1

「立花《たちばな》くん！　立花くぅん！　聞いて聞いて！　アタシ勝った、勝ったのよぉッ！」

玉阪市《たまさかし》、玉阪座駅のほど近く。男子のみで歌劇の舞台を作るユニヴェール歌劇学校の生徒、立花希佐《きさ》は、同校を対象にした歌劇のワークショップ「モナ・スタースクール」に足を踏み入れるなり祝砲のように轟《とどろ》き響いた塾長、茂成秀吾《もなりしゅうご》――愛称「モナ」の叫びに目を丸くした。

夏休みも残りわずか、モナから集中的にレッスンを受けようと思っていたのだが、それどころではないらしい。

「アタシもう、今年の運、全部使いきっちゃったかもしれないわ！　……ううん、ダメ！　アタシには可愛い生徒たちが舞台で羽ばたく姿を見届ける使命があるんだから、明日から、ううん、今日から、今この瞬間から功徳《くどく》を積んで運貯金しないとっ!!」

モナは今、盆を過ぎても夏の勢いをそのままに坂を駆け上っていく風よりも熱い。

（モナさん、なにか良いことがあったのかな？）

理由はわからないが、まずは良かったと微笑む。ただ、理由がわからないので、なにがあったんだろうと首をかしげる。

「塾長。それじゃあわかりませんよ」

助け舟が現れた。モナの助手でいつも冷静沈着な安西《あんざい》アキカだ。

「あら、ごめんなさい！　そうよね、ちゃんと説明してこの喜びを分かち合わないと！ちょっと待って、えっと……ほら、これ！」

モナが一枚のハガキをとり出す。

「『玉阪の日記念式典ご招待券』……？」

日程は約二週間後の八月終盤。

「立花くん、『玉阪の日』のこと、もう聞いたっ？」

パッと連想したのは、ユニヴェール歌劇学校の母体である男性歌劇の最高峰、玉阪座のこと。

「ほら、『玉阪町』の誕生日のことよ！」

だが、どうやら違うらしい。

――玉阪町？　誕生日？

「だから。説明になってませんって、塾長」

置いてけぼり状態の希佐を見て、アキカがモナを再び止める。

「だって、毎年毎年応募し続けて、ようやく今年、初めて当たったのよ!?　アキカだってすごいですねって言ってたじゃない！」

「それはそうですけど……今はそれより」

早口でまくし立てるモナを諌《いさ》めて、アキカが希佐を見る。

「立花くん、『玉阪の日』っていうのはね、玉阪市の前身……玉阪町が生まれた日のことを言うのよ」

――玉阪町。

アキカが言うには、明治時代、全国各地で行われた市町村合併――いわゆる明治の大合併により、大伊達山《おおだてやま》から海に近い港町まで広く点在していた町村が合併して「玉阪町」になったらしい。

「その後、人口が増えて『玉阪市』になったけど、玉阪って街の形自体は『玉阪町』のころからあまり変わってないいんだ」

「それで玉阪町が誕生したその日を『玉阪の日』と呼んで祝っているんですね」

なるほどと改めてモナの手にある当選ハガキを見る。

「玉阪市役所を中心に、色んなイベントが開催されるのよ～！　もちろん、目玉は記念式典だけど！」

「へぇ～。……」

（そういえば、玉阪市の市役所ってどこにあるんだろう？）

こういうのは駅の近くにあるイメージだが、玉阪座駅の周りは百貨店やショッピングモールといった商業施設ばかりだ。

そんな希佐の心中を察したのか、アキカが「川を越えた向こうにあるのよ」と教えてくれる。

「玉阪市の政治機能は全部『開《ひらき》』に集まってるから」

希佐はきょとんとしてしまった。

（開……？）

聞いたことがない名前だ。

「えっとね、『玉阪市駅』の方なんだけど……」

玉阪市駅。

希佐が知っているのはこの塾のすぐ側《そば》にある、玉阪座駅。

「そこも元々は『玉阪町駅』で……」

アキカはかみ砕いて説明してくれているのだろうが、聞けば聞くほど希佐の頭は混乱していく。

（これ、私に土地勘がないせいだ）

ユニヴェールの舞台に立つと心に決め、遠方から一人、玉阪市にやってきた。稽古《けいこ》は当然忙しく、外に出る機会も少ない。

そんな中、学校と玉阪座駅を繋ぐ数本の坂に行けば、必要なものは全て手に入ったし、狭い範囲で生活が成り立っていた。自分の目に映るものがこの街の全てだと思えるほどに。

（私が知っている玉阪市って、ほんの一部なのかもしれない……）

急に、頭の中で地図が広がる。なにも描かれていない、真っ白な地図。そこには一体なにがあるのだろう。

「とにかく！」

モナの声に、地図が吹っ飛んだ。

「玉阪の日記念式典はとっても人気が高いから抽選になっているの！　市は公表してないけど、倍率は数十とも数百とも言われているわっ！」

「え、そんなに!?　じゃあ……」

「その高い倍率をくぐり抜け、見事当選した強運の証《あかし》なのよぉっ！」

モナが当選ハガキを天に掲げ、歓喜の高速スピンを披露する。

何年も何年も応募し、落選し、肩を落として、それでもめげずにチャレンジし続けた結果。なんだかこちらまで嬉しくなってくる。

「良かったですね、モナさん」

ようやく全てを理解した希佐からの祝福に、モナは「ありがとう～！」と破顔《はがん》した。

「式典で立花くんたちの姿を見るの、楽しみにしてるわ！」

――ん？

今日イチわからないことがきた。

「立花くん、たち……？」

希佐の疑問に、モナとアキカが「えっ」と声を上げる。

沈黙が数秒。

「……やだぁ、立花くん、まだ聞いてなかったのね、知らなかったのねっ！　アタシったらごめんなさい！」

「え、でも塾長、まだ聞いてないって、大丈夫なんですか？」

「ハッ！　それもそうよ、なにかトラブルかしら……。あのね、立花くん」

モナは自分を落ち着かせるように胸に手を置き、深呼吸してから言う。

「『玉阪の日記念式典』は、ユニヴェールの生徒たちが歌劇を披露するのよ」

記念式典は約二週間後。

残りわずかな夏休み、全て消えるかもしれない。

2

「諸君！　『玉阪の日』が近づいてきましたよぉ！」

モナのワークショップから帰寮し、ちょうど居合わせた同期たちと夕飯のテーブルを囲んで今日聞いたまだ知らぬ予定について彼らに話そうとした、そのときだった。

クォーツの組長、根地黒門《ねじこくと》が突如現れ、高らかに叫んだのは。

才人であり、奇人でもある彼の喜々とした表情は、同じ席に着いていた同期たちを警戒させるのに充分だ。

「なんだぁ、一体。『玉阪の日』？」

いつも真っ先に疑問を口にするのはクォーツ一年、ジャックのホープである織巻寿々《おりまきすず》。

「知ってっか、立花、世長《よなが》？」

スズの問いに、同じテーブルを囲んでいた希佐の幼なじみでジャンヌ生、世長創司郎《そうしろう》が首を横に振る。

「初めて聞いたよ。希佐ちゃんはなにか知ってる？」

スズと世長の視線が希佐に向く。希佐はモナから聞いた話をそのまま彼らに伝えようとした。

「ッハー！　だからお前たちは三馬鹿なんだ！」

ところが背後から鳳《おおとり》京士《きょうじ》が割り込んでくる。

彼も希佐の同期で、ジャック生。ただ、希佐たちとはどんなときも相容《あいい》れない独立した存在だ。

「おい！　オレと世長はともかく、立花は知ってそうな感じだったぞ！　なぁ、立花！」

スズに聞かれて、「実は今日聞いた話なんだけど……」と切り出す。

「浅いっ！」

鳳が一刀両断してきた。

「昨日今日で手に入れた情報なんて付け焼き刃！『知ってる』のうちに入らんな！」

鳳が勝ち誇った表情でふんぞり返る。スズが再び「おい」と制しようとしたところで、希佐は真っ直ぐ鳳を見た。

「ワークショップのモナさんとアキカさんに教えてもらったことだから、付け焼き刃ではないよ」

事実を冷静に、ありのままに。

普段、柔和に笑っている分、希佐の真顔には表現しがたい凄みがある。

ふんぞり返っていた鳳が「ひぇっ」と一歩後退し、隣に座っていたスズと世長でさえガタッと椅子ごと身を引いた。

「鳳！　モナさんとアキカさんに謝れ！」

スズの注意はある意味鳳への救済措置。固まっていた鳳が「それに関しては訂正し、モナさんとアキカさんにお詫び申し上げる！」と素直に認める。希佐に対する謝罪はないが、希佐本人にとってそれはどうでも良いことだ。希佐の表情がやわらいだのを見て、世長がホッと胸をなで下ろす。

「はい、そこの一年生っ子！　落ち着いたかね！」

場面転換を指示するように根地がパンパンッと手を叩いた。希佐たちは「すみません！」とそちらを向く。

「一年生は『玉阪の日』に明るくなくても仕方ない！　ユニヴェール生は玉阪市外から入学する子も多いからね。てなわけで！　『玉阪の日』について説明しよう！　鳳先生が！」

「えっ！」

「鳳くんは玉阪市出身だもんね！　てなわけで先生！　深い情報よろしくお願いします！」

根地の無茶ぶりに鳳は狼狽《うろた》える。

「おい」

そこで凍《い》てつく声が食堂内に響いた。

「早いところ説明しろ」

クォーツ二年の白田美《しろたみ》ツ騎《つき》だ。クォーツのトレゾールとして美しく歌う彼の唇《くちびる》が、今は不機嫌を奏《かな》でている。なにせ彼は無駄と面倒を好まない。食事を邪魔され、話は進まず、その上、これから億劫《おっくう》なことが待っているのだろうという予感が彼を苛立たせるのだろう。鳳は即座に「承知しました、白田先輩!」と返した。スズの「大変だなぁ鳳も」という同情する言葉が妙に響く。ただ、鳳の説明は極めて簡潔にまとめられており、今日、モナたちから聞いた話があっというまにクォーツ一年の共通認識となった。

「へ〜、それで『玉阪の日』かぁ。なんかいいッスね、町の誕生祝い!」

「その記念式典で私たちは、なにをしたら良いんでしょうか」

希佐の質問を受けて、静かに様子を見守っていたクォーツのジャックエース、睦実介《むつみかい》が「例年だと……」と過去を振り返る。

「クォーツ、オニキス、ロードナイト、アンバーの四クラスが、それぞれ五分、舞台に立つ。オニキスがダンス、ロードナイトが歌なのは毎年恒例で、クォーツとアンバーはその年々で変わるな」

世長が「五分……かなり短いんですね」と驚く。

「ああ。記念式典の舞台に立つのはユニヴェールだけじゃない。俺たちのあとには、本陣、玉阪座の舞台も控えている」

「ま、前座みたいなもんだな、俺たちは」

カイの説明に補足したのは、椅子にただ座る姿さえも美しいクォーツのアルジャンヌ、高科更文《たかしなさらふみ》。

「各クラス五分、計二十分、会場をしっかり温めるのが俺たちのお役目サ。……もちろん、俺ら目当ての人たちもいるけどな」

フミは不敵に笑う。フミを見るために会場に来る人も多いだろう。

「そのとーり！　やるからには我こそ主役！　ユニヴェールファイトォッ！」

根地が拳《こぶし》を天に突き上げる。

ただそこで、世長が「あれ、じゃあ……」と、あることに気づいた。

「今回はアンバーも記念式典に参加するんですか？」

先月、激闘を繰り広げた夏公演。しかしその舞台にアンバーの姿はなかった。理由は明らかにされていない。

——クォーツの一年生たちには。

根地が「そりゃないね」とカラカラ笑う。

「そもそも去年の時点で記念式典に『かろうじて参加』だったアンバーが、今年参加するはずないっ！」

フミが「だなぁ」と頷く。

「なにせ去年の記念公演、アンバーのジャックエースとアルジャンヌは不参加だったし」

「あら、そうなの！　協調性のないヤツらねぇ、遺憾《いかん》ですわ！　聞くところによると、去年はクォーツも散々《さんざん》だったらしいわよ！　出れば良いってもんでもないですよねぇ」

「クーロ？」

「あらなにかしらおフミさん。あなたのお目々、とっても怖い。まさか僕を食べちゃうつもり……!?　いやっ助けて」

「コクト、フミ」

一年にとってはよくわからない話で盛り上がる二人をカイが制する。根地が「おっとすまない、ムッツーミ！」と無駄にポーズを決めて謝罪した。

「とにかく、とにかくですよ！　そういう経緯もありますもんで、今年はガツンと決めちゃいたいのよね！　やるからには全力で！　ですよですです、ですよねぇ！」

「じゃあ、その五分を全力という言葉は希佐たちにもすんなり入ってきた。

やるからには全力で演じきったら良いんですね」

希佐の言葉に、世長もスズもうんうん、と頷く。

「確かにそうだが同時に違う！」

「えっ」

「だって五分て短いじゃなーい！」

根地が奇妙なことを言い出した。疑問は希佐たち一年にとどまらず、二年、三年にも波及する。白田が露骨に眉《まゆ》をひそめ、フミとカイは顔を見合わせた。

世長が「あの……」と怖々《こわごわ》手を挙《あ》げる。

「今回はクォーツ、オニキス、ロードナイトの三クラスがそれぞれ五分の舞台を披露する……んですよね？」

全員が揺らぐことのない大前提だと思っている箇所を確認すると、根地が「そこ、そこなんですよ！」と叫んだ。

「今回、なにかと話題問題のアンバーさんが不参加なのよ！　このままじゃ、ユニヴェールの舞台良かったねーと同じくらい、アンバー不参加だったねーが語られない？　むしろそっちの方が語られちゃわないっ？」

正直、希佐たち一年は、根地の言っていることがよくわからなかった。

しかし、曇《くも》る二年と三年の表情が、根地の言葉を肯定している。そこには、拭《ぬぐ》い切れない悲壮感もあった。

（アンバー……）

複雑な響き。

同じユニヴェール生でありながら、希佐が手に入れられるアンバーの情報は極めて少ない。まるで誰かの手によって、目を、耳を塞《ふさ》がれているようだ。

その意図的に作られた空白がより一層アンバーという存在を大きくしている。

「……まぁ、アンバー云々《うんぬん》抜きにしても、いつもなら全クラス見られんのに一クラス欠けるってのは、残念がられるわな」

フミの言葉にみんな顔を上げた。もっともな言葉であると同時に、アンバーの話を聞いて気づけば俯《うなず》いていたことが怖かった。

「それってどうにかできないいんスか？　せっかくやるんだから、オレたちも見てくれる人も全員『良かったー!!』一色にしたいッス！」

スズが声を上げる。みんな気持ちは同じだ。

根地が待ってましたとばかりに、にんまりと笑った。

「どうにかなる！　例年ならば揃っているはずの四クラス！　今年は一つ欠けた三クラス！　その一つが目立つなら……」

眼鏡《めがね》の奥、根地の目がキラリと光った。

「残った三クラス全員で、一つの舞台を作ってしまえばいいじゃないかぁ!!」

希佐たちは固まる。それぞれ顔を見合わせ、言葉を嚙《か》み砕き、飲み込んで。

「えええええええええ〜!?」

クォーツ寮に生徒たちの声がこだました。

3

「……要するに、オニキス、ロードナイト、クォーツ連合で『玉阪の日』に舞台を披露する、ということだな！」

オニキスの組長兼ジャックエース、海堂岳信《かいどうだけしん》の声がユニヴェール劇場に強く響き渡る。

「ふふ……今までにない試《こころ》みだし、アンバー不在に対抗しうるインパクトもあるでしょうね」

たおやかな微笑《ほほえ》みを浮かべそう言ったのはロードナイトの組長兼アルジャンヌ、更にトレゾールでもある忍成司《おしなりつかさ》。

『玉阪の日』について知った翌日。クォーツ、オニキス、ロードナイトの生徒たちはユニヴェール劇場に集まっていた。オニキスとロードナイトにも話は通っているらしい。根地が「海堂、司、ありがとう！」と言って前に出る。

「ではでは記念式典でやる演目について……話す前に伝えとかなきゃいけないことがある！」

ユニヴェール劇場に集まった全員が、根地に注目した。

「夏休みとはいえ、全クラスが集まって稽古できる回数はめちゃ少ない！　ほとんどでき

ない！」

生徒たちが一気にどよめく。

上演時間は不参加のアンバー分も合わせて四クラス×五分の計二十分。通常の学生公演に比べれば短いが、これだけの大所帯だ。相応の稽古数を踏まなければ完成は難しいだろう。

「なにせ僕ら組長やそれに準ずる生徒たちは秋公演の準備があるからね！　その合間をぬって……になると時間は限られてしまうのさ！」

根地の言葉を受けて、いつも控えめな男が渋い表情を浮かべながら前に出る。

「……俺たち77期生は、訪問公演の準備もあります」

ロードナイトのジャックエース、御法川基絃《みのりかわきいと》だ。

ユニヴェール歌劇学校では学校の方針により、小中学校や福祉施設での訪問公演が行われている。その中心にいるのが主に二年生、今年でいうと77期生の生徒たちだ。ただでさえ大変な中、前例のない公演ミッションが加わるとなると彼らの負担は大きい。御法川と同じように表情が硬い77期生も少なくはなかった。対照的に、同じ77期生でもオニキスのアルジャンヌ、菅知聖治《すがちきよはる》は、表情一つ変えることなく海堂の側に佇《たたず》んでいるが。

「そもそもぉ！」

ここで憤りを隠すことなく立ち上がったのはロードナイト一年、ジャンヌの忍成稀《おしなりまれ》だ。

「なんでせっかくの夏休みにそんな大変そうな稽古しなきゃいけないんですか!?」

御法川が「いや、言っとくけど、記念式典の稽古自体はあったからな!?」と注意する。

「御法川先輩うるさい！　だってこれ、普通の稽古より絶対厳しくなるじゃん！　サボれないヤツじゃん！　なーんで残り少ない夏休み、しかも突然そんなことしなきゃいけないの!?　もっと有意義に夏休みを過ごさせてよぉ！」

いつも稀とつるんでいる一年ジャンヌ、宇城由樹《うしろゆき》も「そーだそーだ！」と声を上げる。エキゾチックな風貌《ふうぼう》で常に無口な鳥牧英太《とりまきえいた》も「……ん」と頷いた。御法川が「やめろやめろ」と稀たちをなんとか抑えようとしている。これがあるから御法川はどうしても否定的になってしまうのだろう。

「充分有意義だと思いますけどね、俺は」

そこで稀とは逆を突くように発言したのはオニキスの一年、加斎中《かさいあたる》だった。78期生のトップジャックはいつだって向上心で満ちあふれている。

「他クラスの生徒と一緒に舞台に上がれる機会なんてそうそうありませんし、夏休みのシメとしては最高ですよ」

稀が間髪を入れず「あんたどうせ希佐と組みたいだけでしょ！」と叫ぶ。

「『だけ』って……。なにかチャレンジするうえで、目的を一つに絞るの、勿体《もったい》なくない？　やるからにはより多くのことを吸収したいよ。他クラスのジャックを間近で感じる……とかね？」

加斎の視線がチラリとクォーツに向く。

「お」

スズが声を上げたので、目が合ったのだろう。

加斎の視線はそのままスッと横に動いた。

（……あ）

今度は希佐と目が合う。

「そういうたくさんの目的の一つに、立花と組みたいって気持ちは当然あるけど」

「ほらやっぱり!!　ちょっとみんな、加斎が加斎やってますよ！」

ぶれない加斎に稀が非難の声を上げる。

「……それで、結局どうするんですか。合同稽古がほとんどできない問題」

脱線ばかり続くこの状況に耐えかねて、白田が根地に問うた。

「おおっと、さすが白田くん！　そうなのよ、だからこそ負担を極限まで削《そ》いだうえにアンバー不在の記念式典でしっかりかませる脚本書いたのよぉ！」

じゃじゃじゃん！　と根地が見せたのは既に用意された台本。その瞬間、独特な緊張感が生徒たちの間に走った。突如濃くなった舞台の空気がそうさせた。

「ほうら、まずはみんな、お受けとりな！」

普段よりページは少ないが冊数は多い台本が配られていく。希佐の手元にも。

タイトルは至ってシンプルだった。

「……『玉阪町』」

根地が「そう！」と希佐の声に呼応する。

「この玉阪という町の誕生について描いた物語さ！　さぁ、あらましをお伝えしよう！」

男性歌劇の最高峰、玉阪座をシンボルに、大きく発展してきた街、玉阪市。

この市が、元々は異なる二つの町だったことを知っているか？

一つは当然、名前そのまま、初代・玉阪比女彦《たまさかひめひこ》が宿場町近くに土地を賜《たまわ》り芝居小屋を建てて大いに栄えた芸事《げいごと》の町「玉阪」。

そしてもうひとつ。

その比女彦に土地を授《さず》けた領主、開松原《ひらきまつばら》ら開の一族が城を築き居を構えた武士の町「開」。

しかし明治。この二つの町が合併し、一つの町として生まれ変わることになったのだ。

そこで巻き起こったのが町の名を「玉阪」にするか「開」にするかの大論争。

玉阪と開の大げんか。

果たして町の名前はどうやって決まったのか――

「……ご覧の通り、実際この玉阪で起きた出来事を僕流にアレンジして制作しております！」

内容的には玉阪の誕生を祝う記念式典にこのうえなくふさわしいのではないだろうか。

「ちなみに！　芸事の町『玉阪』をロードナイト、武士の町『開』をオニキスに任せようと思っている！」

それを聞いて、クォーツ生がざわついた。

「えっ、根地先輩、オレたちクォーツは!?」

スズの言葉に根地が「慌《あわ》てなさんな！」と嬉しそうに言う。

「今回クォーツは……」

もったいぶる姿は悪戯《いたずら》を企む子どもそのもの。

「ジャンヌ生をロードナイト、ジャック生をオニキスに分けて配属します！」

宣言に、クォーツ生のみならず全生徒が沈黙した。

「えええええっっっ!?」

静寂を打ち破る大合唱。

「作戦はこうだ！　今回の頭のダンスとラストの歌以外は、基本、玉阪側と開側、それぞれの視点で交互に話が進んでいく！　玉阪側と開側で話が独立している！」

海堂が「なるほど」と瞬時に理解した。

「陣営ごとに稽古ができるということか。全クラス集まるのは無理でも、クラス単位であれば小回りが利《き》く」

「イエス！　クォーツ生にはご足労いただくことになるけど、そこはまぁ、僕のこの可愛らしいお顔を立てとくれ！」

白田がシラケた目で根地を見た。

ただ、ここで、希佐の中に疑問が浮かぶ。

クォーツのジャンヌ生はロードナイト、ジャック生はオニキス。だったら新人公演でアルジャンヌ、夏公演ではジャックを演じた自分はどちらに行けばいいのだろう。

だが、焦らずとも答えはいずれくるはずだと今は黙る。

「てなわけで、配役発表にいっちゃおうか！」

根地の言葉に、自然とその場の空気がピリッと張りつめた。クォーツに限らずどのクラスでも、その『告知』には緊張が走るようだ。

「んではまず、玉阪座の当代であり、玉阪の町を率いる麗しの玉阪比女彦！　本来男性だけど、玉阪座の役者らしい魅力をアルジャンヌとして表現してもらう！　我がクォーツから、高科更文！」

主役はフミ。

クォーツ生たちは即座に納得し、フミが演じる玉阪比女彦の美しさまで想像できた。

「ええええええっ!?」

しかし、クォーツ生とは裏腹にロードナイトの一年生から不満混じりのどよめきが起きる。

（あ、そうか……）

これはクラス合同。稀が「ちょっとちょっと、根地先輩！」と大きく手を挙げた。

「玉阪側はロードナイト中心なのに、なんでお兄ちゃんがアルジャンヌじゃないんですかっ！」

稀の顔はこれまでとは違う真剣味を帯びている。

ただ、御法川ら二年生以上は違った。

「おい、落ち着け」

「だって！」

「すぐわかる」

「え……」

御法川らロードナイト二年、そして三年は、知っているのだ。ロードナイトのボス、本来の姿を。

「コクト、早く呼んでもらって良いかしら？」

観客席に座っていた司が優雅に足を組む。

「早く呼ばれたいの、その〝名前〟を」

「了《りょ》！　歌だけではなく口も達者な玉阪座の『二《に》番《ばん》比《ひ》女《め》』……。これにロードナイト、忍成司！　トレゾール！」

名を呼ばれ、司が立ち上がった。その絢《けん》爛《らん》たる姿に騒いでいたロードナイトの一年生だけではなくその場にいた全員が息を呑《の》む。

「よろしくね？　……アルジャンヌ」

司が微笑んだままフミを見る。じっと、ただじっと。その場にいる人間をヒリつかせるほど苛《か》烈《れつ》な眼《まな》差《ざ》しで。

「ああ、よろしくな、トレゾール」

対するフミはゆったり髪をかき上げ笑い返した。いつも通りさらりと、ひょうひょうと。

ただそれが逆に恐ろしく感じる。

「……久々だな、この光景」

懐かしむように彼らを見つめる海堂の眼差しは強い。

「……」

逆にカイは、いづらそうに視線をそらした。

（なんだろう、これ……）

希佐は額《ひたい》を押さえる。

チカチカと、閃光《せんこう》が走る。

思わず白田を見たのはトレゾールという響きが耳に残っていたから。希佐たちクォーツ生にとってトレゾールといえば、白田美ツ騎。

「……」

白田はフミと司の姿を見ている。

「では次！　比女彦の愛弟子、三番比女は白田美ツ騎！　君もトレゾールだ」

「……はい」

白田の表情に濃い憂鬱といつもとは違う覚悟が見えた——ような気がした。

希佐はいったん目をつむり、息を吸う。

どうしてこんなにチカチカと目が眩《くら》むのか。

「他のロードナイト生たちはそれぞれ玉阪座の役者ってことで頼むよ！　クォーツのジャンヌもね！」

そう長い物語ではない。そのうえ、三クラス合同だ。役がとれる人間は限られてくる。

クォーツのジャンヌ生である世長は静かに頷いた。

「えぇ〜、やだぁ〜!!」

しかし、稀は納得できなかったらしい。

「ちょっと根地先輩！　配役雑じゃないですか！　高科先輩と美ツ騎様がすごいのは認めるけど！　それにしたってロードナイト少なすぎます！　私にも役くださいよ！」

「そうそう～！　私たちだってぇ、ヒメヒメになりた～い！」

「……ん」

御法川が「おい」と慌てて制す。

「よし、わかった！」

しかし根地はここにきて気前が良かった。

「じゃあ、忍成弟氏は四……を飛ばして『五番比女』！　宇城由樹っぴと鳥牧の英太っちは揃って『六番比女』！　んで、それなら世長くんは『七番比女』でよろしく頼むよ！　君らは可愛いがお仕事ね！」

「えっ!?」

「いやったー！　私にぴったりじゃーん！」

世長の戸惑《とまど》いは稀たちの歓声にかき消される。

御法川が「いいんですか、そんな我《わ》が儘《まま》に応えて……」と申し訳なさそうに尋ねた。

「あとそうだ、御法川くんにも役がある！　ロードナイトのジャックエースは無視できないからね！」

「え、あ、はい。どんな役でしょうか」

忘れてしまう程度の役だろうと御法川は思っていただろう。

ただ、根地は時にこういう悪質な演出を好む。

「君は玉阪座の『一番彦《いちばんひこ》』！　ユニヴェールで言うところのジャックエースだね。比女彦の相棒であり、有能な右腕。……要するに！」

根地が「じゃじゃん！」と自ら叫んで両手をフミに向ける。

「君は今回、フミのパートナーだ！」

「…………………。えっ」

根地の手がバタバタ忙《せわ》しなく羽ばたく鳥のように動く中、御法川はフミと顔を見合わせた。

「……らしいぜ。よろしくな、御法川？」

御法川の額にぶわっと汗が浮かび、その雫《しずく》が落ちる速度で顔が青ざめていく。その場にいた多くの生徒たちが御法川に憐憫《れんびん》の眼差しを向けた。あの高科更文の隣に立つなんて、と。

「え、御法川先輩やばくない？　できるの？」

「無理寄りの無理ぃ〜！」

「ん……」

なによりロードナイト生の声が厳しい。

「さてさて、玉阪側のジャックエース的存在は御法川くんだけど、この舞台におけるジャックエースは他にいるよぉ！」

小刻みに震える御法川を置いて配役発表は進んでいく。

「ここから開側のご紹介だ！」

高らかな宣言と共に生徒たちの視線がオニキスやクォーツのジャック生に向いた。

「大伊達山を真正面に代々この一帯を治めていたのは『開』というお殿様！　しかし武家政権は大政奉還《たいせいほうかん》によって終了し、廃藩置県《はいはんちけん》によって開公は町を去ることに！　残されたのは『開』という町の名と、主《あるじ》を失った開の武士たち……」

（居場所がなくなった、武士たち……）

希佐の胸に、哀《かな》しく響く。

「そんな開の武士筆頭、政治家の『新田《にった》』をオニキス、海堂岳信に任せよう！　頼むよぉ、海堂！」

海堂が挙手するように真っ直ぐ手を伸ばし、その挙げた手で自身の胸をドン、と力強く叩いた。

「任されよう！　誠心誠意、舞台のために！」

反射的に背が伸びた。希佐だけではなく、多くの生徒たちが。

なによりオニキス生の顔が変わった。この瞬間からオニキス生たちは海堂を指揮官として意識を共有していくのかもしれない。

「…………」

一方で、聞こえるはずのない沈黙がなぜか希佐の耳に届いた。

(あ……カイさん……)

人が集まるときは輪の一番外《はず》れ、列で言うなら最後尾についてみんなを静かに見守っていることが多いカイ。そのカイが海堂を見つめ、そっと表情をほころばせる。彼の口元に浮かぶのは確かに笑みだ。しかしその形はあまりにも複雑な形をしている。感情を読みとるのが難しいほどに。

そんなカイと似た気配を感じた。希佐はカイがいる場所とは反対側へと視線を向ける。

「…………」

カイと同じように黙ったまま海堂の姿を見つめるのは、菅知だった。

希佐は気づく。

(そっか……、自分のパートナーが他の人と組むんだ……)

カイならフミ、菅知なら海堂。隣にいる人が、誰かの隣になる。それを彼らはどう受けとめるのか。

カイと違って菅知の表情に変化はない。ただ、どちらにせよ感情は読みとれない。

「次に、海堂演じる新田を兄のように慕う士族で若き起業家『初花《はつはな》』をジャック、加斎

「中！」

「はい！」

名前を呼ばれ、加斎は驚くことも戸惑うこともせず即座に返事した。

「ありがとうございます、頑張ります」

彼の表情には既に自信が漲っている。加斎は常にどんな役でもやり通す覚悟ができているのかもしれない。

「そんな加斎くん演じる起業家の付き人として、ダンテくんと長山弟くん、頼むよ！」

「ハーイ♪」

「了知しました！」

ちょうど加斎の両隣に立っていたダンテ軍平《ぐんぺい》と長山登一《ながやまといち》も即座に返事をする。

「新田の聡明な妻にはジャンヌ、菅知聖治で！」

「はい」

静かに菅知が答える。オニキス生の名前が次々呼ばれていく。

「…………まだか」

「……！」

スズが言葉を噛みつぶすように小さく呻《うめ》くのを聞いた。

（クォーツのジャック生がまだ呼ばれてない……）

玉阪に比べると開はオニキス色が強くなるのだろうか。スズがカイを、そして鳳を見る。鳳が鋭く小さく「こっちを見るな！」と文句を言った。目が合ったということは、鳳もスズを見ていたのだ。

希佐は改めてカイを見る。

彼は粛々《しゆくしゆく》と自分の役目を待っているように思えた。

「お次は開の士族で新田とは旧知の仲である警察官『ナラシバ』！　これをジャック、睦実介！」

ここでようやくカイが、クォーツのジャックが名を呼ばれた。

「ジャックとしては二番手くらいの感覚でいてね」

「いや、一番手くらいがちょうど良い！」

根地の言葉にかぶせるように海堂が言う。

「善処する」

カイは、どこまでも控えめだった。

「このナラシバの弟分、士族だけど無職の『リン』には、ジャック、織巻寿々！」

「ぅおはい！　……無職？」

「ナラシバには警官の部下もいる！　これにジャック、鳳京士！」

「はい！」

カイのあとに、スズ、鳳と続く。

「そしてこちらも玉阪側と同じく、他のオニキス生やクォーツのジャック生は開側の武士として舞ってちょうだいな！」

開側の名のある役はここまでということだ。

「ちなみに！　明治だと彼らの呼び名は『武士』から『士族』に変わっているんだけど、彼らは過去への思いが捨てきれず『武士』にこだわっている……という設定で頼むね。わかりやすさに配慮した設定にしておりますゆえゆえゆえ。史実を扱うっていうのはなんともデリケート、僕は結構苦手《にがて》、ああ哀し！」

本気で嘆いているのかそれとも口だけか、境界線は曖昧《あいまい》だ。

「ちなみに僕は町人A、町人B、町人C、町人Dなどを演じさせてもらう！　玉阪と開の対立に翻弄《ほんろう》されたり、翻弄したり。進行も司《つかさど》る大事な役だ、しっかり演じてくれ、根地黒門くん！　はい頑張ります！」

根地の一人芝居を見て、オニキス生とロードナイト生に動揺が見られた。クォーツ生は慣れたものである。

そしてここに来て、希佐はまた思うのだ。

（私はどうなるんだろう……）

配役発表は終了の空気を醸《かも》し出している。

（私は玉阪と開、ジャンヌとジャック、どちらを演じたらいいんだろう）

名前を呼ばれなかった生徒たちが肩を落とす中、姿勢を崩すことなく真っ直ぐと。希佐は自分の居場所、そして役目を視《み》ようとする。

「あと最後に立花くん！」

ここに来て急に根地が希佐を呼んだ。

「君には、議長を務めてもらう！」

――議長？

「玉阪と開、双方の意見を聞き町の名前をどちらにするか決める権限のある人物だ！　大事な役どころだけど出番は少ない！　歌もダンスもすっぱり不参加！」

他の生徒たちとは毛色が違う。一瞬で数多《あまた》の疑問が湧いたが、即座に優先順位を決め質問を一つに絞った。

「ジャックとジャンヌ、どちらで演じたらいいんでしょうか」

「どっちでもあるし、どっちでもない！　透明感出していって！」

「えっ」

根地の回答は不明瞭だ。

「てなわけで！　休憩はさんで本読みするよぉ！　あと、頭のダンスシーンと、ラストの歌唱シーンも！　これは全クラス合同だからね！　んでは、十分後に集合！」

根地がパンッと手を叩いて休憩の合図。その途端、観劇を終えたあとのように劇場内が騒がしくなった。

「なんだか……配役発表だけで疲れちゃったね……」

世長がはぁ、と息を吐く。

「僕は玉阪、スズくんは開、希佐ちゃんは……どちらでもない議長？　みんなバラバラだ。稽古、どんな風《ふう》に進んでいくんだろう」

周囲をうかがう世長はどこか不安そうだ。

「……」

（……スズくん？）

一方、こういうとき、いつも真っ先に感想を口にするスズが今日に限ってなにも言わない。

彼はじっと、ユニヴェール劇場の舞台を見ている。

「それに大丈夫、なのかなぁ……」

「『大丈夫』？　なにか気になることがあるの、創ちゃん？」

黙り込むスズの様子を気にしつつ、世長に問う。

「あ、えっと……考えすぎかな。だって舞台だし、みんなそんな、いや、でも……。……あ、ごめん！　えーっと、あのね」

世長がふーっと息を吐き、この場にいる生徒たちを見渡す。

「オニキスとロードナイトって、同じ舞台で上手《うま》くやれるのかな……？」

そう、この二クラスはユニヴェールにおいて最もわかりやすい「真逆」なのだ。

「ちょっとぉ！　ダンス難しすぎるんですけどぉ!!」

ユニヴェール劇場に稀の叫びがこだまする。

「あーもう、なんなの、オニキス式の軍隊ダンス！　ロードナイトの良さが全ッッッ然出ないんですけどぉ!?　汗かかせないでよ!?」

稀はゼーゼー息を荒らげながら額を拭い、いつも可愛くセットしている巻き髪をなんとか維持しようと指先でぐるぐるこねた。

「え、全然オニキス式じゃないよ？」

一方、汗一つかいていないのがオニキスの加斎である。

「ロードナイトに合わせて、かなり優しいダンスになってるんじゃない？」

「はぁー!?　なにその俺たち上すぎてレベル合わせてあげてます感!!」

「そんなこと言ってないよ。オニキス生はもうみんなダンス覚えちゃったけど」

「そういうとこ!!」

加斎が言う通り、ダンス稽古が始まってすぐにオニキス生たちはダンスを習得してしまった。今は体が冷えないようにストレッチをしながら待機している。

ちなみに、クォーツの生徒たちは出来不出来がまばらだ。それでもロードナイトより踊れているが。

「すみません！　ダンスは持ち帰って稽古するので、先に進めてもらってもいいですか……！」

遅々として進まない現状に御法川が悲痛な声を上げた。

「あいあい！　じゃあ、お歌の稽古といきましょうかね」

これは滞《とどこお》りなく進むだろうとロードナイト生だけではなく、オニキス生やクォーツ生も思ったのだが。

「……ちょっっっっとおおおッッッッッ!!」

再び叫んだのは歌を十八番《おはこ》にするロードナイト、稀。

「なんですかこの歌?!　こんな短期間でやるようなもんじゃないでしょ、あり得ないッ!!」

楽譜を見て怒り狂う稀に、加斎が「文句が多い」と素直な意見を述べる。

「あんたにはこの歌の難しさがわかってないのよ！　え、怖っ！　怖っ！　ガチの公演レベルじゃない、怖怖怖ッ！」

これに関しては稀の感覚が正しいのかもしれない。なにせ御法川も青ざめている。

ただ、根地は「そりゃそうよぉ！」と当たり前でしょ顔。

「最後に名前を冠《かん》するのは『玉阪』ですからねぇ。玉阪組には頑張ってもらわないと！

……と、僕は思うわけですがいかがですか、司比女！」

根地のお伺いに司はにこりと微笑む。

「〝私〟は、歌えるわ。今すぐにでも」

スズが思わず「うわ、怖ぇ」と口にした。世長が「スズくんっ」と慌てる。だが、この場にいるほとんどの生徒がスズと同じ気持ちだ。

「……フミさん」

白田がスッとフミの隣に立つ。

「かなり飛ばさないと、喰《く》われますよ」

フミは余裕の笑みを崩さない。それが一番の武器になるからだ。

希佐は額を押さえた。急に気づいたのだ。

――そうか、火花。

（感情の交錯が激しすぎる……みんなの思念がぶつかり合って火花を飛ばしてる……）

オニキスの海堂だってそうだ。

「…………」

三クラス合同での舞台を作ると言ったときも、配役発表のときも、太い木の幹のように構えていた彼が、根地による本読みが終わってから沈黙に転じている。剣の切《き》っ先《さき》のように鋭利な表情で。

チカチカ、チカチカ、チカチカ、チカチカ。

一つの箱に収まらない正体不明の感情があちらこちらでぶつかり激しく踊っている。

まるで火薬庫近くの線香花火。

稽古が進まない。

根地がうーんと首をひねって、フミと海堂を見る。

「あと、ジャックエースとアルジャンヌには手を取り合って踊ってもらいたいんだけど……」

クロ、とフミが制した。

「今日はいいんじゃね？　なぁ、海堂」

「……そうだな。今はまだやるべきことが山積している」

海堂が堅く頷く。

カイも「彼らの意見を尊重するように」とでも言うように根地を見た。

「いよーし！　じゃあ、陣営ごとに課題を整理してもらおうかな！　司もいいかい？」

「ええ」

「んでは、また！　健闘を祈る！」

根地がビシッと敬礼をした。

オニキス生が「お疲れ様でした！」と礼儀正しく頭を下げる。ただ、彼らは早々にユニヴェール劇場から去って行った。

ロードナイト生たちは「どうなるのよ、これ……！」と輪になって愚痴《ぐち》り始める。

「……大丈夫かな」

既にいなくなったオニキスを、不満が止まらないロードナイトを見て、世長がまたそう言った。

全クラス合同。最初に聞いたときとは比べものにならないほどの重みを感じる。

希佐は台本に記された配役を見た。印字された文字でさえチカチカして見えた。


【登場人物】

玉阪比女彦　高科更文（Aj）
新田　海堂岳信（Ja）

二番比女　忍成司（jan）
三番比女　白田美ツ騎（jan）
五番比女　忍成稀（jan）

六番比女　宇城由樹・鳥牧英太（jan）
七番比女　世長創司郎（jan）
一番彦　御法川基紘（j）

初花　加斎中（j）
初花の付き人　ダンテ軍平・長山登一（j）
新田の妻　萱知聖治（jan）
ナラシバ　睦実介（j）
リン　織巻寿々（j）
部下警官　鳳京士（j）

町人A／B／C／D　根地黒門（jan）（j）

議長　立花希佐（ー）

4

「……『それでは皆さん。町の名を玉阪にするか、開にするか、決めてください』」

今鳴く蟬は、共に秋を迎えるのだろうか。

誰もいないクォーツの稽古場。希佐は記念式典で行われる『玉阪町』の稽古に挑んでいる。

「『私の意見はありません』。『では今日の会合を終了します』。……うーん」

希佐が演じる議長は名前を決める権利を持ちながら徹底してその名に無関心。意見を求められても素《そ》っ気《け》なく、彼らが町への愛を語っても白《しら》けていて、時間がくれば早々に退席する。大勢の中にいても人と交わることのない不自然に作られた余白。

だからこそ稽古もこうやって他派閥に混ざることなく一人で。

(それにしても……)

まさかジャックか、ジャンヌかという居所さえ不在とは。

希佐は、性別の枠って人間性を考えるうえでかなり重要なんだな、と独りごちる。

もし、男性の議長だったら？　女性の議長だったら？

イメージする姿にはそれぞれ違いがあり、異なる器に魂《たましい》が入る。

(性別……か)

自分は、あってないようなものだ。

希佐は一つ息を吐く。まとまらない不明瞭な思考を漂う中、根地の言う〝透明〟を見つけ出すのは難しい。いったん距離を置くように希佐は「そういえば……」と稽古場の扉に視線を向けた。希佐がこうやって『玉阪町』の稽古をしているように、他のクォーツ生たちもジャックならオニキス、ジャンヌならロードナイトで稽古を行っている。ジャックは朝早くから、ジャンヌは昼過ぎからと開始時間に差はあるが、日が傾きだしても戻ってこないのは同じ。稽古は順調に進んでいるのだろうか。

「……」

希佐の脳裏《のうり》に昨日の火花が蘇《よみがえ》る。

今回は、玉阪座の美しくしなやかな役者をロードナイト、雄々しく力強い開の武士をオニキスが演出することになっている。異なる思想が舞台で共存することになるのだ。それは、交ざり合うのだろうか。

「……あれ」

ふいに稽古場のドアが開いた。そこにいたのは玉阪組の世長。希佐は「あ、創ちゃん！」と声をかけ、すぐさま異変に気がつく。

「だ、大丈夫？」

彼は見るからにぐったりしていた。

「あ、希佐ちゃ……んんっ！　ダメだ……、歌いすぎて喉《のど》が変になってる……あー、あー、あー……」

声の調子をなんとか整えようとする世長に「無理しない方がいいよ」と声をかけ、希佐は水をとりに行った。稽古場に備蓄されているミネラルウォーターだ。冷えているものもあるが、トレゾールである白田がいつも飲んでいる常温の水を選ぶ。

「はい」

「あ、ごめんね……」

壁際に腰を下ろした世長が水を受けとり、ゆっくり喉を潤《うるお》した。

「はぁ……ありがとう、助かったよ」

彼の声にいくらかみずみずしさが戻る。

「稽古、そんなに大変だったの？　歌に、ダンスに、芝居……」

「芝居に関しては……まだついていけている方、かな……。流れで役をもらえただけで、セリフは少ないから。大勢いる玉阪座の役者の中で、比女彦のとりまきとして少しだけ前に出させてもらってる感じ」

そう言って、世長が苦笑する。

「忍成さんたちはどんどん前に出て御法川先輩に指導されているけど」

稀たちと御法川の攻防、容易に想像がついた。

「ダンスはどう？」

それが玉阪側――言ってしまえばロードナイト最大の課題。世長はふるふると首を横に振る。

「それが全然、全くできてないんだ」

「えっ」

「歌が、大変で」

「そんなに難しい歌なの？」

希佐の問いに世長は少し間を開ける。

「難しいのは、難しい。でも、それ以上に……」

的確な表現を探すように、言葉を選ぶようにして世長は言った。

「……戦ってるんだ。フミさんと、忍成先輩が」

チカチカと、再び目の奥に火花が散った。ユニヴェール劇場で見たあの閃光。それが希佐の感情を妙に急《せ》き立《た》てる。希佐は世長が見た光景を求め、玉阪組の様子について尋ねようとした。

だが、その瞬間、銅鑼《どら》を打つかのような勢いで開いたドアが、全てを吹っ飛ばす。

「うあああああああ！　ヤバイヤバイヤバイ!!　絶対ヤバイ、マジでヤバイすっっっげーヤバイ!!」

赤髪をかきむしって入ってきたのは開組としてオニキスに稽古に行っていたスズだ。

「鳳ぃ！　さっきのダンス覚えてるか、覚えてるよな、教えてくれ！」

「断る！　そんなヒマはない！」

スズの後ろから同じく開組の鳳が姿を見せる。スズに対していつも辛辣《しんらつ》な鳳だが、今日はいつも以上に語気が強かった。

「スズくん、なにかあったの？」

「あっ、立花！　いやなんかもう、オニキスのジャックがヤバすぎて……」

「オニキスじゃない！」

鳳が即座に否定した。握られた拳、滲《にじ》む焦り。

「オニキスじゃない……オニキスではなく……」

鳳が鳳の〝答え〟を口にしようとした瞬間。

「鳳ッ!!」

今度はスズが声を荒らげた。その迫力に、希佐と世長の体が跳ねる。

「クォーツのジャックを見せてやりゃあいいだけだ！　こんなもんじゃねぇからな、オレら！　そもそも鳳はもう踊れてるし！」

スズが真っ直ぐ鳳を見た。いつもならスズの発言を一から十まで否定する鳳が、スズの言葉と一緒に自分の感情も全て堪《こら》えるように息を呑む。

「……ダンスを完璧にしてからものを言え！」

一呼吸置いて、鳳が叫んだ。スズが「それはそう！」と大きく頷き、鳳も、スズも、い

つも通りだ。

「織巻、鳳！」

そこに、カイが早足で現れた。

「ダンス、俺が教える」

まるで、今までのやりとりを聞いていたかのような声かけに、スズが「うおおお、やった!! よろしくお願いします！」と飛びつく。

「おい、織巻！ 睦実先輩のお手を煩《わずら》わせるのは……」

「気にする必要はない。あとは他のジャック生たちも」

カイが周囲に視線を巡らせる。

「オレ、呼んできます！ じゃな、立花、世長！」

「え、あ、うん、頑張って！」

スズが稽古場を飛び出し、鳳もスズの背中とカイの顔を交互に見たあと「僕も呼んで参ります！」と駆けだした。

「すまない、頼む！ ダンスルームで！」

カイの言葉に、遠くから「うぃッス！」とスズの声が聞こえる。

「あ、あの、カイさん……」

迫力に飲まれ、希佐は思わず名前を呼んでしまった。カイがハッとこちらを見る。

「ああ、すまない。騒がしくしたな。二人は稽古か？」

「あ、えっと、休憩中です」

「そうか。あまり無理はしないようにな。じゃあ」

そう言って、カイは稽古場をあとにした。

「スズくんと鳳くん、すごく焦ってたね……」

世長が心配するように扉の向こうをのぞき見る。

「ダンス、かなり大変なのかなぁ……」

世長の言葉を聞いてオニキスの姿を思い描く。オニキスはダンスを得意とするジャック中心のクラス。特に一糸乱れぬ群舞の素晴らしさは他の追随《ついずい》を許さない。スズや鳳が焦るのも当然だ。

――ただ。

耳に残る、カイの声。

希佐の中に、もしかして、という感情が芽生える。普段は湖底の真水のように静かで落ち着いたカイの声。それが今日、激しく波立っていた。

（スズくんや鳳くん以上に、カイさんが焦ってる……？）

むしろ、スズが一番落ち着いていて、カイが一番焦っている？　でも、どうして――。

「……僕も、稽古してこようかな」

スズたちの姿を見てなにか思うところがあったのか、世長が希佐にもらったペットボトルのキャップを閉めた。

「希佐ちゃん、お水ありがとう！　じゃあ、お疲れ！」

「あっ、うん、お疲れ！」

世長を見送り、稽古場にまた一人。

（大丈夫なのかな）

玉阪組も、開組も、思いがけない問題が発生しているように見える。しかし、その現場を実際この目で見たわけでも、詳しく話を聞いたわけでもない。手の中にある砂粒《すなつぶ》程度の情報で巡らせた想像なんて結局地に着くことはなく、空想となって浮かび上がり粗末な妄想に喰われるだけ。

（……チカチカするな）

希佐は目をぎゅっと閉じてから台本を開く。しかし常に他人事《たにんごと》な議長の言葉は今の希佐に重ならなかった。希佐は台本を閉じるといったん稽古場を出る。

「……ふー」

大きく深呼吸。しかし心は波立ったまま。素知らぬ素振りで山の向こうへと消えていく太陽が今日はなんだかつれなく見える。

（八つ当たりだな）

こんな気持ちのまま稽古場に戻るのはためらわれた。だから希佐は稽古場とは真逆、日が沈む方角へとゆっくり歩き始める。

しばらくすると緋色《ひいろ》に染まるユニヴェール校舎が見えた。

「……あれ？」

そこに人影。目を凝らし、相手が誰かを確認する。ロードナイトの稀だ。

「稀ちゃ……」

「あんたたち、ちゃんと歌、できてるんでしょうね！」

希佐の声が届くよりも早く、稀のよく通る声が校舎の壁にぶち当たり盛大に弾《はじ》け散った。

希佐は足を止め、もう一度目を凝らす。対面にオニキスの加斎がいた。

「それを言うなら玉阪組……というか『ロードナイト』は大丈夫なの？」

言葉をそのまま跳ね返すように加斎が言う。

「オープニングを飾る大事なダンスだからね。ここをしっかり決めてもらわないと……」

「その『ロードナイトは』って言い方やめてくれる!?　とにかく！　歌！　しっかりやりなさいよね！」

稀がふんっと顔をそらし、校門に向かって去って行った。加斎は「やれやれ」といった表情で稀とは反対側、オニキス寮へと戻って行く。

歩みを止めることなく小さくなっていく加斎とは違い、稀は途中で立ち止まり加斎を振り返って息を吐いた。

「……『玉阪町』の稽古するの、もう、やだぁ……」

聞こえてしまったその言葉に、希佐は動揺してしまった。稀の声があまりにも細かったから。

稀はうう〜と唸《うな》って、そんな自分が嫌になったのか頬《ほお》をペシペシと叩き、校門の方に駆けていった。今から街に行くのかもしれない。稽古が上手く行かず外の空気を吸いに出た希佐と同じように。

「稀ちゃん……」

チカチカする。

火花が増えている。


その日の夜。寮で夕飯を食べようとした希佐は、生徒の数が少ないことに気がついた。

「ジャック生がいない……？」

スズ、鳳、それにカイ。他のジャック生も全員いない。

「ん？　おー、希佐、オツカレ」

「……そんな所に突っ立って、なにをしてるんだ」

キョロキョロと落ち着きなく食堂を見回す希佐の背後から声がした。

「あっ、フミさん、白田先輩……」

振り返ると、クォーツのアルジャンヌとトレゾール、フミと白田が立っている。

「なんだぁ、ジャックがいねぇな」

「ああ、それで静かなのか」

瞬時に状況を察知したフミだったが、希佐のように立ち尽くすことはせず食事が載ったトレーに手を伸ばす。白田も続き、希佐も慌てて同じようにトレーをとった。そのまま自然と三人、同じ席に着く。

「……本当にジャック生、一人もいないんですね」

改めて周囲を見渡した白田がほんの少し困惑を滲ませそう言った。なにか面倒くさい予感を感じとっているのだろうか。

「もしかしたら、みんなでダンスの稽古をしているのかもしれません」

希佐は稽古場で見たスズたちの姿を思い出しながら言う。フミが「『玉阪町』の？」と、確認するように訊いてきた。

「はい。なんだか大変みたいで……」

フミが「なるほどねぇ」と呟く。常に先を行くフミの目にこの現状はどう映っているのだろう。当然のようにフミの考えが聞けるのを待った。

「それより、希佐」

「はい」

「料理。冷めちまうぞ?」

だが、ジャック生に関する会話はもう終わったらしい。指摘され、希佐は食事を前に完全に止まっていた手に気がついた。手だけではなく、思考もか。

「今日のスープはどうよ、ミツ」

「ええ……?　スープはスープですよ。僕は温かい方が好きですけど」

見ればスープから立ち上る湯気《ゆげ》がない。放置したせいで冷めたわけではなく今日は夏野菜の冷製スープなのだ。

「たまに食べる分にはいいですけど」

白田がスープをそっと口に含む。希佐もつられてスープを口に運んだ。野菜の甘みが優しく広がる素朴な味わいだ。ここにきて急に空腹を覚える。思考ばかりに集中していた神経が、ようやく体の中を巡り始めたのかもしれない。

ふわりと、今日の終わりを感じる。

「希佐、明日、玉阪組の稽古見に来るか?」

「えっ」

玉阪町の話は終わったのだと思っていたのに、フミからの提案に驚き彼を見た。

白田はチラリとフミを見て、またスープに視線を落とす。

「希佐は今回議長役で人と絡むこと少ないから、全体像が見えなくてやりづらいだろ」

フミの言葉は希佐の悩みがそのまま言語化されたかのようでストンと落ちた。そう、だからきっと自分は飛び交う火花ばかりを追って不明瞭に思いあぐねている。

「だから自分の目で視て、感じて、考えりゃいいサ」

そんなことを話しながら、早くもなく、遅くもなく、適切なスピードで食事を食べ終えたフミが席を立つ。

「じゃーな。また明日」

去り際の笑顔も美しい。

席には白田と希佐の二人。フミの背中を見送った白田が、少しだけ行儀悪く頬杖を突く。

「ったく……フミさんは優しいんだか、厳しいんだか。おい、立花」

「はい？」

白田が空《から》になったスープ皿にスプーンを置いて言う。

「今日はあれこれ考えずさっさと寝ろ。いいな？」

それは、どういう意味だろう。

「考えずにさっさと寝ろって言ったろ」

「！」

反射的に考えてしまった希佐を白田は目ざとく見つけ、注意する。

「いいか、立花」

白田が頬杖を解いて語気強く言った。

「お前なんか、今、食べているスープが美味しかったたって思いながら寝ればいいいんだ。いいか、返事はっ？」

「は、はい！」

その夜、希佐はスープが美味しかったと思いながら眠りについた。

ずいぶんと長い一日だった。

5

早朝、ひぐらしの鳴き声を聞いた。

しっかり睡眠をとった希佐は指定された時間にロードナイトの稽古場に向かう。

「失礼します……」

中をのぞくと既に稽古は始まっていた。

ロードナイトといえば、どんなときでも賑やかで和気あいあいとしているのだが。

（あれ……）

開けた扉の音が響いてしまうほど中はしんと静まりかえっている。その上、生徒たちはこちらを見ない。彼らの視線はたった一人の人物に縫いつけられていた。

「『昔から！　私ら玉阪座の役者たちは、開の武士たちに所詮《しょせん》役者と軽《かろ》んじられてきた！』」

稽古場の中心でフミが——いや、『玉阪比女彦』が、演説を行っている。

「『芝居なんか不要の道楽だとね！　それは私たちにだけ向けられた刃《やいば》じゃない。いつだって笑顔を絶やさず頭を下げて商売してきた町人たちには銭臭《ぜにくさ》い手だと、汗水垂らして働く農民たちは薄汚いと、私らはいつだって開の武士らに見下されてきた！　……だがどうだ！』」

比女彦がバッと両手を大きく広げる。

「『この美しい玉阪は！　座を中心に町は栄え、人は笑顔で道を行き交っている！　……飯だって旨《うま》いしね！　お国の役人たちが、異国の要人が訪れるのだって、今じゃ寂れた開ではなく、この玉阪だ！　明治の世を先頭切って走るのは私たち玉阪なんだよ！』」

しなやかながらも芯《しん》があり、見る者を惹きつける美しさは花とするなら満開の桜。誰も彼も心を囚われ動けない。ずっとその姿を見ていたい。

「……『だからこそ、開の動きには注意しなければならないのですよ、比女彦さん』」

そこで、諫めるように口を開いたのは御法川演じる一番彦だ。

「『確かに、僕たち玉阪には勢いがあります。町に住んでいる人の数だって、お国に払ってる税金だって、こっちの方がずっと多い。ですが、プライドの高い開の武士たちが、そうやすやすと町の名を渡すはずが』……」

大事なシーン、大事なセリフ、それなのに。

一番彦がしゃべればしゃべるほど、静まりかえっていたロードナイトの稽古場にざわめきが広がっていく。

「ねぇ、やっぱり一番彦、邪魔じゃない？」

ざわめきをまとめるように鋭く言ったのは稀だった。ユキが「わかるぅ！」と両手を握りしめる。

「比女彦様はぁ、こんなにきれーでかっこよくてぇ、天上人《てんじょうびと》みたいなのにぃ、一番彦は平凡の極みっていうかぁ……。比女彦様としゃべるなんて場違いが過ぎるってカンジぃ！」

同意を得て稀が「よねよね！」と勢いづいた。

「こっちは比女彦様の話聞きたいのに一番彦がべらべらしゃべるから冷めちゃうじゃん！ちょっともう静かにしてよ！　……って！」

御法川が胸を押さえる。刺さったようだ。

「……あ、希佐ちゃん！　どうしたの、見学？」

そこで、希佐に気づいた世長が小走りで駆け寄ってきた。

「昨日、フミさんと白田先輩に声をかけてもらえて。今は芝居の稽古？」

「うん。でも……」

世長が御法川を気の毒そうに見つめる。

「御法川先輩がかなり苦戦してて……」

「てゆーかぁ！」

稀の攻撃は止まらない。

「一番彦の威厳がないんですよ！　なんかひょろくて頼りなくて……睦実先輩と全然違う！」

御法川が「ぐっ……」と息を詰める。

「よねよねぇ！　睦実先輩だったらぁ、キレーなお庭のでっかい岩みたいにぃ、どっしり構えて比女彦様と話しても邪魔にならないのにぃ」

御法川が「……っく」と唸る。

「そう、邪魔にならない！　御法川先輩はなんっか邪魔なんですよねぇ」

終わらない邪魔邪魔コール。

「……邪魔邪魔言うんじゃねぇえええぇッ！」

耐えかねた御法川が叫んだ。しかしすぐにハッと我に返る。

「くそ……!!　すみません、高科先輩！　次までに考えておくので、俺との合わせはいったんなしで……！」

時計を確認しつつ御法川が訴えた。

「もうちょっと試してもいいんだぜ、御法川？」

「いや、俺だけのことに時間使うのは、さすがに……！　俺はロードナイトのジャックエースなので！」

クラス全体をサポートする責任がある、と御法川は言いたいのだろう。それでも上手くいかない自分の役が気になるのか、わずかな隙間《すきま》で台本をチラリ。

「……これが結構、稽古に響いてるんだ」

世長が小声で希佐に説明する。

「ロードナイトって、いつもは御法川先輩がみんなに歌やダンス、芝居の指導をしているそうで……。その御法川先輩が自分の課題で手一杯になっちゃうと、進まないことが多いんだよ……」

世長はロードナイトを心配しつつも御法川を気遣うように視線を送る。

いつもはクラスを牽引《けんいん》するジャックエース。その分、今回の出来事は御法川としても苦しいところだろう。

「それに……」

世長がチラリと稽古場の中央を見る。

「一番大きい問題が、別にあって……」

世長の視線を追って彼の指し示す〝モノ〟に気づいたとき、希佐の思考は一瞬でそれに囚われた。

(忍成先輩……)

忍成司がゆったりとした足どりでフミの方へと向かっている。ぞわ、と肌が粟立《あわだ》つような感覚が希佐に走った。

「じゃあ、みんなで歌の稽古しましょうか」

みんなと言いながら司の目は真っ直ぐフミを捉える。

「ん」

フミは笑顔で応えた。

(……怖い)

先程まで波打っていた湖面《こめん》が一気に凍りついていくようだ。

「希佐ちゃん、僕も行ってくる」

世長の表情にも緊張が浮かぶ。当然、他のロードナイト生にも。

「じゃあ……、音楽」

ついと浮いた司の指先。音楽が、流れる。

(……っ!)

歌声が吹き荒れた。

（……すごい……！）

司の唇から放たれる歌声は希佐の皮膚を刺し胸を殴る。

（これが……）

これがロードナイトのトレゾール。

暴力的な歌声はロードナイトの稽古場の中、うねる龍のように暴れ回った。

しかし、そこに、新たな歌声が響き渡る。

（……っ！　フミさん）

高らかに歌うのは、フミ。『アルジャンヌ』のフミだ。

彼の歌声はこれから玉阪に訪れる明るい未来を指し示すように、強く、熱く、響き渡る。

そして、〝なにか〟を超えようとしている。

（戦っているんだ）

アルジャンヌとトレゾール。

フミと司が戦っている。

（そう、か）

希佐の目に、突然歴史が映った。

今回、クォーツ、ロードナイト、オニキスは同じ舞台に立つ仲間。だが、それ以前にフミと司は同じジャンヌとして競い続けたライバルなのだ。その上、二人はそれぞれクォーツの、ロードナイトのトップ。

彼らは互いに、負けるわけにはいかない。

（……あ！）

フミの歌声が一瞬、司を上回った。場を支配した。

（……！）

稽古場の温度が下がる。ロードナイト生たちの歌声が鈍《にぶ》ったのだ。

即座に司の歌声が厚みを持って響き渡った。今度は司の歌声がフミを圧倒する。

「……やばいよな」

「えっ、あ、御法川先輩……」

ジャンヌたちが歌う姿を見つめながら御法川が希佐の側に歩み寄ってきた。

「御法川先輩。フミさんと、司先輩は……」

「バチバチにやり合ってるよ。ずっとこんなカンジだ」

御法川は全身で歌い上げる司を見つめる。

「意地があるんだよ。……ロードナイトとしての意地が」

そこでフミの声に重なりが生まれた。

（白田先輩だ）

フミとも司とも違う、クォーツのトレゾール。白田の歌声が新たに響き渡る。

御法川の表情が曇った。

「……立花、ロードナイトがどういうクラスか知ってるよな？」

「え？　それは……歌唱が強みのジャンヌ中心のクラスです」

「そうなんだよ。でもさ」

御法川の横顔に、一抹の哀しさ。

「むしろクォーツの方がそれらしくないか？」

「え……」

「クォーツの方が、ロードナイトらしくないか？」

すぐには理解できなかった。クラスそれぞれの形を疑うことなく、尊重し、ユニヴェール生活を送っていた希佐にとって、御法川の言葉はあまりにも難しかったのだ。

御法川はそれに安堵するように少しだけはにかんだが、またすぐに憂《うれ》いをまとった。

「高科先輩はダンスって強みがあるからなにかとそちらが取りざたされるけど、歌もすごい。歌が強みのアルジャンヌとしてもやっていけるほどに。それから、言うまでもなく白田。あと……」

御法川が、希佐を見る。

「立花もな」

「えっ」

「夏はジャックをやってたけど、新人公演じゃアルジャンヌ。難易度の高い歌をしっかり歌い上げていた。クォーツのジャンヌはレベルが高いんだ」

それだけじゃない、と御法川は言う。

「クォーツには根地先輩もいる。あの人はいつも型に囚われず、ジャック、ジャンヌ、幅広く演じているけど、高科先輩と同じようにジャンヌとしては一線を画《かく》す人なんだよ。俺は……『去年』を、見たしな」

〝去年〟の残像を追って御法川の視線が遠くなった。

「根地先輩はジャンヌの魅せ方を熟知してる。そしてトップアルジャンヌである高科先輩の存在がクォーツのジャンヌレベルを引き上げてる。ロードナイト以上にロードナイトやってるんだよ、今のクォーツは」

一体どんな気持ちで、その言葉を口にしているのだろう。

「……だからこそ負けられないんだ、司先輩は。言ってしまえばロードナイトの最後の砦《とりで》。司先輩が高科先輩や白田に歌で競《せ》り負《ま》けるようなことがあれば……ロードナイトは存在意義を失う」

「……！」

希佐は稀たちロードナイト生を見る。芝居のときとは違い、彼らの顔は真剣そのものだ。彼らの歌声は司に捧げられているような気がした。

負けるな、負けるなと。

私たちはロードナイトなんだからと。

あなたがロードナイトなんだからと。

希佐は、ああ、と息をつく。

こんな状況で、ロードナイトが歌以外のことに集中できるはずがない。

「こっちの事情は高科先輩だってわかってるだろうよ。だからって手を抜くようなまねはできない。そんなことされたらこっちだって気づくし……なにより高科先輩も守らなきゃいけないものがある」

ロードナイト相手に多勢に無勢。それでも白田を傍らにフミは堂々と歌い続ける。それがロードナイトの自信を奪い深く傷つけることになっても、フミは歌う。

フミはクォーツのアルジャンヌとして、クォーツの顔として、戦い続けるのだ。

（……）

稽古場に響き渡る歌声。確かに美しいが胸が締めつけられる。この声は、舞台の上で混ざるのだろうか。

「……」

未だ歌声響くロードナイトの稽古場をあとに希佐は一人歩いていた。

ふと唐突に、昨日食べた冷製のスープが美味しかったことを思い出す。フミも白田も、希佐が玉阪組の稽古を視《み》ればなんらかの影響を受けることが想像できただろう。

それでも、魅《み》せてくれた。

希佐は天を仰ぐ。もう八月も後半に入ったというのに空には真白い入道雲。しかし足元には秋の入り口、萩《はぎ》の花。

こちら側と、あちら側。

「……」

そういえば小さい頃、兄である継希《つき》と遊んでいた公園でこの花を見たことがある。

後にユニヴェールの至宝と呼ばれる人。クォーツのジャックエースだった人。そして今は——。

希佐は止まっていた足に気づき、無理矢理踏みだす。しかし、すぐまた立ち止まった。

「……あ」

フミというアルジャンヌを前に戦っていたロードナイト。だったら、と思ったのだ。

継希がジャックエースだった時代のオニキスは、一体どんな目で継希を見ていたのだろうと。

「ジャックエース……。そうだ、開……」

昨日、オニキスでの稽古が終わって帰ってきたクォーツのジャック生たち。もしかすると彼らにもロードナイトと同じような問題が起きているのではないだろうか。

もし、そうだとしたら――。


「……しかし根地先輩は、とんでもない役をオニキスに任せたものだな」

しっかり筋肉のついた登一の太い手足は、見た目に反して驚くほど柔らかくしなる。

「あまり引きずられないようにした方がいいでしょうネェ。これはあくまで町のセレモニー。本懐《ほんかい》を忘れちゃいけませんヨ。ねぇ、アタル？」

天に向かって手を伸ばすダンテの指先は、爪の先まで踊って見える。

「そうだね。なにせ俺たちは『勝利のオニキス』だから」

加斎が強く床を踏み、高く舞い上がってピタリと止まる。

オニキスの床に、ぴったりと。

その床には――。


「はーはーはーはー……」

クォーツのジャック生たちが座り込んでいる。

彼らの大粒の汗が頬を伝って流れ落ち、オニキスの床を濡らした。

「ついてくるだけで精一杯のようだな、クォーツ生は」

「ついてくるだけガッツありますヨ。なにせ彼らは、我々とはタラント《オ能》が違います」

オニキスですからね、僕たちは、とダンテがにっこり笑う。

そんな登一とダンテの会話を聞きながら、加斎はこの場で唯一動くクォーツ生を見た。

「大丈夫か？　昨日よりずっと良くなってる。あとは精度を上げればいい」

クォーツのジャックエースであるカイが座り込むクォーツ生ジャックに声をかけている。

次に加斎は、稽古場の隅《すみ》を見た。

そこには台本を片手に一人ブツブツ呟き続ける鳳がいる。ダンスの疲れもあるのだろうに彼の意識は次に向かっている。

そしてもう一人。

「うぉーいっ!!」

バーンと勢いよく稽古場の扉を開けて登場したのは、加斎の同期、スズだった。

彼の額には汗が浮かんでいるが座り込むクォーツ生の汗とは種類が違う。

「菓子、持って来た！」

スズの手にはチョコレートやグミ、ドリンクなどが大量に抱えられていた。

「お、おい、織巻いいのかよ……！」

座り込んでいたクォーツ生たちがお菓子まみれのスズの行動を諫めるように言う。

「海堂先輩がいいっつってました！」

それを受けて、海堂が「ああ、言った！」と応えた。

「クォーツにはクォーツのやり方があるでしょうしね」

加斎が言うと他のオニキス生たちも「そうだな」と同意する。

「あざます！　おっし、チョコとグミ、どっちがいいッスか！」

公然と許可が下り、スズがクォーツ生にお菓子を配り始めた。台本に集中していた凰が
「おい、織巻。お前、そんなもの、どこから持って来たんだ」と呆《あき》れた様子で問う。

「クォーツの稽古場」

それを聞いて、この場にいたクォーツ生たちが吹き出した。

「お前！　この短時間でどうやって！」

オニキスの稽古場からクォーツの稽古場まで、遠くはないが近くもない。

「え、走ってですけど」

加斎はダンス稽古が終わった途端すぐさま海堂に陳情《ちんじょう》し、勢い良く飛び出していったスズの背中を思い出す。

クォーツ生たちは差し出されるお菓子に、いらねぇよ、食えねぇよと、いや食うわと笑い合う。ほんの少し前までクォーツ生の間で流れていた悲壮感が払拭された。

「オニキスの分も持って来ました！」

どうりで量が多いと思った。オニキス生たちからも笑いが漏れる。

「……」

加斎はその姿もしっかり観察する。

「よし、次は芝居の稽古だ！」

エネルギー補給が終わったところで海堂が再び指示を出した。オニキス生たちは一瞬で引き締まり、クォーツ生たちには緊張が戻る。

そんなクォーツ生たちを背にカイがスッと前に出た。頼りがいのある背中。

――だが。

カイも内心、穏やかではないのだ。

「ではいくぞ！ ……『〝玉阪町開〟になれと、あの役者どもは言っているのか』」

馬鹿らしい、と嘲笑うように笑うのは海堂――ではなく、開の武士筆頭、新田だ。

ここは開、集まった武士らの空気は重い。

開の武士たちは苦境にあえいでいた。仕《つか》えるべき主は消え、開の城は空となり、町はまるでハリボテのよう。

それでも開の武士として誇りを握りしめ生きる彼らに突きつけられたのは、玉阪との合併話。

しかも、町の名はこの一帯を治めてきた開の名前ひとつではない。

元は開の殿様から土地を賜り住み着いた役者どもの町の名が、開の隣に並んでいる。

「……『しかし新田』」

カイ——ではなく、新田の旧友、警官のナラシバが新田を見る。

「『現状、有利なのは玉阪だ……。なにせ玉阪座の人間たちは江戸から明治に移る動乱の最中、時勢を読み当て国とのパイプを確保することに成功した』」

それだけじゃない、とナラシバは表情を暗くする。

「『玉阪の町人たちは潤沢な資金力を活かし、議会に多くの政治家を送り込んだ。それがまた玉阪の発展に繋がっている。だが開はどうだ？』」

ナラシバは現状に不安を隠せない。

「『開様が去ってからというもの、町は弱体化する一方だ。職を失った者も多く、多嘉良《たから》川で釣った魚や、大伊達山で採れた山菜を喰って飢えをしのぐ者もいる始末』」

「『え、旨いですよ！』」

そこでスズ——無職のリンが空気を読まずそんなことを言う。

ナラシバは「『黙ってろ！』」と叱りつけて「『だから新田……』」と言葉を続けようとした。

「カイ」

しかし、そこに新田はいない。

「俺を立てるな」

鞭《むち》を打つような強さで海堂が言う。

「……！　だが」

「お前も強く雄々しい警官であれ！」

稽古場が一気に強張《こわば》る。

――始まってしまった。

「だが、海堂。それでは役と役がぶつかり合ってしまう。開のリーダーは新田であるお前。そんなお前が開の武士としての強さ、たくましさ、そして魅力を全て背負うくらいでちょうど良い。脚本からもそう読みとれる……」

「カイ」

海堂の声に力が込もった。

「お前のクォーツでの役割は知っている。器として華を輝かせる、確かに立派な役目だ。しかし、それはあくまでクォーツでのこと」

ここはオニキスだ。海堂の目が語る。

「脚本を読んで、力強いリーダーが二人いても問題ないと解釈した。その方が開にふさわしいとも」

海堂の目に迷いはない。きっと彼には彼のビジョンがある。それでもカイは「だが」と声を上げ、海堂が「カイ」と制する。

「開の演出については、我々オニキスに任されている。……それに。ジャックを輝かせる

ことに関しては、俺はユニヴェール一だと自負している」

その言葉はカイの胸に深く刺さった。激しい痛みを伴うほどに。

ユニヴェールにはそれぞれにクラス色があり、カイは自身が所属する、そして根地が作り出すクォーツの形を信じている。

——信じているの、だが。

今のクォーツの形によって失われるものも、ある。

その懸念《けねん》はずっとあった。いつか直面する問題だと。それが今、眼前に突きつけられている。

カイは気づかれないようにスズを見た。ああ、しまった、と後悔した。

スズが自分を見ていた。

カイは自分の思考をいったん全て排除して、入れ替える。

ここは、オニキスだ。

ここにおける自分の役目は——。

「……やっては、みる」

「ああ！　では、初めから！」

稽古が再開した。カイが、ナラシバをまとう。しかし先程とは雰囲気から違った。

「『……現状、有利なのは玉阪だ』」

さっきは頼りなく新田の顔をうかがっていたナラシバが、冷たい声色で現状を語る。

「『なにせ玉阪座の人間たちは……江戸から明治に移る動乱の最中、時勢を読み当て国とのパイプを確保することに成功した』」

ナラシバの目に怒りが宿る。小ずるく動き回る玉阪の人間を侮蔑するように。

「……うん、いいな」

「ああ。こっちの方が断然いい」

新しいナラシバを見て、オニキス生たちが頷きあう。

ただ、クォーツのジャック生たちは複雑だった。

ナラシバの部下警官として背後に立っている鳳も、カイの芝居に合わせながら表情は硬い。ただ、この場においてはカイの選択が正しいと鳳は思っている。他のクォーツ生もそうだろう。

「『多嘉良川で釣った魚や、大伊達山で採れた山菜を喰って飢えをしのぐ者もいる始末』」

ナラシバが心底嘆くように言う。開の苦しい現状がひしひしと伝わってきた。

ところがだ。

「『え、旨いですよッ‼』」

その空気をぶち破る、リン——スズの言葉。

生徒たちが一瞬固まり、次いで、ぼふっと口を押さえる生徒が続出した。笑いそうになったのだ。いや、笑っている生徒も多くいる。

カイが海堂の指示に従いオニキス色を強めていく中、スズはなぜか自分色を一層強くした。

多嘉良川の魚も大伊達山の山菜もあんなに美味しいのになんでそんな酷《ひど》いこと言うんですか、なにを恥じる必要があるんですか、むしろ贅沢なくらいじゃないですか、みんなも食べたらいいいじゃないですか！

スズの一言からそんな感情が見えてくる。それが、悲壮感に満ちあふれる開の空気をぶち壊すのだ。

笑いをかみ殺したオニキス生が「あれは良いのでしょうか？」と海堂を見る。海堂も思うところがあったのか「織巻」と名前を呼んだ。

「はい！」

スズが元気よく返事をする。海堂はスズをじっと見た。その目は決して甘くない。稽古場が一瞬でヒリつく。だがスズはその視線を真っ直ぐ受けとめた。山で山菜を採り、川で魚を釣るリンと一緒。「なにが悪い」とでも言うように。

「……いや。お前はそれでいい」

海堂の言葉に、スズが「はい」と当たり前のように返した。

加斎が深く笑う。

「おもしろ」

クォーツが直面している問題がある。

それは立花継希卒業後から続く、ジャックの圧倒的な『華』不足だ。

クォーツのジャックの多くは器気質。クラス内ではそれでいいのだろうが、ジャックだけが集まると華やかさに欠ける。そんなクォーツのジャックがジャック中心のクラスであるオニキスと並べばどうなるか。

クォーツは他クラスと遜色なく戦えるジャック生がたった三人しかいない。

たとえ器だろうがジャックエースとして存在感がずば抜けて高いカイ。全てにおいて高水準をたたき出す凰。

――そして。

「…………」

一年でありながら、クォーツにおけるジャックとしての華やかさを一身に担《にな》うスズの目は燃え続けている。

気づけばスズを見ているオニキス生は少なくない。

それを悔しがりながらも、クォーツのジャック生たちは燃えるのだ。

カイはこういうとき、強く思う。

才能ばかりのユニヴェールで、一年のときから選ばれる人間は違うのだと。

「……ジャック生、帰ってこないな……」

クォーツ寮のホールで希佐は時間を確認する。

十九時。

玉阪組の稽古を見たことでジャックの状況が気になり彼らの帰りを待っていた希佐だが、誰一人帰ってこない。

「あ、希佐ちゃん？　お疲れ様」

そこに、世長が姿を見せた。

「あ、創ちゃん、お疲れ様。玉阪組の稽古、終わったの？」

「稽古自体は早めに終わって、自主稽古してたんだ。なにかしなきゃいけない気分になっちゃって」

希佐はロードナイトの空気を思い出す。世長がそういう気持ちに駆り立てられることが今はリアルに理解できた。

「緊張感……すごかったね」

「……だよね。息苦しいくらいで……。あれが、クラスを背負うってこと、なんだなぁ……。でも僕は……」

世長はそこで口を閉じる。創ちゃん？　と声をかけるよりも早く彼は「ううん、ごめん」と言って「あれ、そういえば、開組は?」と話を戻した。彼の様子が気になりながらも希佐は「まだなんだ」と首を横に振る。世長が「そっか」と言って、大窓の先にあるユニヴェール校舎を見る。

「開組もオニキスとの稽古は終わって自主練してるのかもね」

点々と明かりがつくユニヴェール校舎。

「自主練……ならダンスルームかな……」

オニキスと並ぶうえで、ダンスは必須。

「行ってみる?」

希佐の心情を慮《おもんぱか》ってか、そう訊いてくれた世長に希佐はためらいながら「うん」と頷いた。

それから二人連れ立って寮を出る。ユニヴェール校舎の外からうかがったダンスルームには明かりがついていて、希佐と世長は顔を見合わせてから校舎の中へと入っていった。

「あ……」

暗い廊下の先、ダンスルームの扉の隙間から明かりが漏れている。

(ジャックのみんな、いるかな……)

希佐は再び世長と顔を見合わせてからダンスルームの扉を少しだけ開いた。本当に、少しだけ。それ以上開けることはできなかった。

（わ……っ！）

そこには確かにクォーツのジャック生がいて、ダンスには鬼気迫るものがあった。

「……もう一度初めからだ！」

「はい！」

カイの言葉に彼らは気合いを入れ直して踊りだす。彼らのダンスは非の打ち所のないものので、だからこそ彼らがそれ以上を求める姿にオニキスとの戦いが垣間見《かいまみ》えた。希佐はそっと扉を閉じる。立ち入れる雰囲気ではなかった。しかし、離れることもできなかった。

「……終わるまで、待っていようか」

世長がやんわりそう言った。付き合わせたことが申し訳なくて世長には寮に戻ってもらおうと口を開いた希佐に彼は「僕も……気になる」と付け加える。その言葉は本当に世長自身が望んでいることなのか、希佐を気遣っての言葉なのか、判別しづらいグラデーションを持っていた。ただ、彼も考え込んでしまう時間があるのかもしれない。この『玉阪町』は。

それに、ジャック生のダンスを見て気になったことが一つある。

希佐と世長はダンスルームから聞こえてくる音楽に耳を傾けた。ジャック生の息づかいまで聞こえてくるようだった。

「……立花に、世長？」

扉が開いたのは、二十分ほど過ぎた頃だ。

「カイさん！　お疲れ様です」

「織巻を待っていたのか？」

希佐と世長が揃っていることでスズを想像したのだろう。ただ、希佐も世長も気づいていた。ここにスズはいないことを。ほんの少し開いた隙間の先に彼はいなかったのだ。

「……ん？　なんだ、立花に世長じゃないか……」

カイの後ろから鳳が顔を見せ、露骨に嫌そうな顔をする。ただ、それ以上なにも言わなかったのはカイに配慮してのことだろう。

「俺たちはこれから寮に戻るが、ひとまず一緒に来るか？」

カイが鳳を気にかけるように振り返ってからそう言った。希佐たちになにか知りたいことがあるのだと察してくれたのかもしれない。希佐は「お願いします」と頭を下げた。

ユニヴェール校舎を出ると、空気がひやりと冷たい。

「連日稽古されているんですね」

希佐の言葉にカイが「ああ」と頷く。

「オニキスは自身の見せ方を熟知したジャックが揃っている。そんなオニキス生と肩を並べるのは……なかなか労力のいることでな」

「得意とするものが違うだけです！」

希佐たちからは距離をとっているが話はしっかり聞いていた鳳がそう断言した。

「郷に入れば郷に従え、我々はオニキス流にここまで合わせているのですから、当然労力はいります！」

鳳がフンッ、と鼻を鳴らす。

「まぁ、根地先輩に鍛えてもらったおかげで器用に立ち回っていますがね！　逆に、僕らのホームだったらオニキス生の労力はこんなものじゃなかったでしょう！」

憤りながらも彼の言葉にはどこか温かみがあった。カイに対しての気遣いを感じた。

鳳は入学してからずっと、ジャック生としてカイから指導を受けている。だから鳳は――いや、クォーツのジャックたちは、カイに対して特別な思いがあるのかもしれない。

それこそスズだって。

「あの……スズくんはどうしたんでしょうか？」

いつもの彼なら率先して稽古に参加し、クラスのムードを高めているのに。

鳳が「馬鹿だから高いところに登ってるんじゃないのか」と言った。高いところ――屋上か。

カイに色々話を聞きたいが、連日ジャック生の指導に奔走する彼にこれ以上時間を割かせるのはははばかられた。

それに、『玉阪町』の稽古が始まってから、全くといっていいほど話せていないスズのことも気になる。

今はスズの元へ。希佐は「行こうか、創ちゃん」と声をかける。

「世長は玉阪側の状況を報告しろ」

ところが、鳳が命令するようにそう言った。

「え、あ」

戸惑う世長だったが、カイが「確かに、開側で手一杯で状況が把握できていない」と言う。世長もカイが言うならと思ったのだろう。「わかりました」と答えて、「じゃあ、希佐ちゃん、行ってきて」と送り出す。

「わかった。それじゃあ、失礼します」

希佐はカイたちに頭を下げ、クォーツ寮に向かって駆けだした。


「……あの、スズくん、どうして稽古に参加してなかったんですか?」

希佐の姿が小さくなる中、世長はカイに尋ねる。

「正確に言うと、させなかった、だ。休ませている」

「え」

「織巻には相当な負担を強いてしまっているんだ」

鳳が「全く忌々《いまいま》しい」とぼやく。

「それって、どういうことでしょうか……？」

「それは……。……」

カイは言い淀《よど》んだ。世長に聞かせて良いのか、迷ったからだ。

いや、聞かせるべきではないと思ったからだ。

「織巻のバカがオニキスと張り合って無茶しているだけだ！　このまま暴走して怪我でもしたら、こちらの立場がない！」

カイが迷っている間に鳳がそう答えた。言い方はとげとげしい。だが、その言葉がどれほど角《かど》をとられ、削られ、丸みを帯びているかカイは知っていた。

それから、世長から玉阪側の状況を聞き感謝と共に別れたあと、カイは寮の食堂で一人食事をとっていた鳳の隣に腰掛ける。

「気を遣わせてすまなかったな」

「とんでもない！　睦実先輩が世長なんかに気を割く時間をとられるのが嫌だっただけです！」

カイと話すときの鳳はいつも真面目で気遣いのできる後輩だ。稽古に対しても熱心で、一人隠れて試行錯誤する姿も知っている。もう少し周り――具体的に言えば世長だが、世長に優しくすることができれば、鳳をとり巻く環境は大きく変わるだろう。ただ、鳳は鳳で抱えているものがある。

「……世長も、立花も、もっと考えた方がいいんです。新人公演で、なぜこの僕が主役に選ばれなかったかを。どうしていつも僕の上に織巻がいるのかを」

鳳が、視線を落とす。

「社交性とか、協調性とか、パッと目を引く華やかさとか、そんなものだけで選ばれるはずがないんですよ」

鳳の表情が幼く見えた。背伸びをやめた子どものように。それが逆に、大人を感じさせる。

「あいつらは知らないんですよ」

鳳はジャックとして優れた体躯《たいく》を持ち、恵まれた才能も努力を怠らない芯《しん》も持っている。だからこそ、誰よりも近い場所でスズを見ている、感じている、考えている。

なぜ、スズが選ばれているのかを。

なぜ、自分が選ばれないのかを。

「あいつは……、クォーツの」

鳳がなにか言いかけて、ぐっと歯を噛みしめた。

言葉という形で世に放てばそれはもう、一生消えることがない。そしてそれが自分を縛る。どんなに吐露して楽になりたくてもだ。

「……あいつはバカです!!」

凰はそう吐き捨てることで閉じ込めた。そして切り替えた。

「凰の警官……個人的に気に入っている」

「えっ、そ、そうですか？」

だからカイも流れを変える。これは、実際伝えたかったこと。

「ああ。立ち居振る舞いが廉直《れんちょく》で、見栄《みば》えがいい。それに、ナラシバと気持ちを共にしてくれているのがわかる」

「……！　ありがとうございます！　ナラシバとの関係は、心がけているところです！」

凰の表情が明るくなったことにホッとする。

同時に、歯がゆくも思った。

スズと一緒にいてやれない自分を。


夜の屋上はいつも吹く風が違う。

希佐は風で乱れる髪を押さえながら暗い屋上の先を見た。

「えっと……あ」

屋上の隅、手すりにもたれかかって町の景色を眺めるスズ。その表情はわからない。希佐は「スズくん」と呼びかける。

「ん？　あれ、立花。どしたどした」

スズはいつも通り希佐に向き直った。

「あ、えっと……『玉阪町』、開は……スズくんはどうなってるかなと思って。ほら、全然話せてなかったから」

「え？　あー……」

スズは苦笑する。

「オニキスがすっげーイライラしてる」

「えっ」

そんな話、カイも鳳もしていなかった。

「玉阪側は開に勝って名前を手に入れるだろ？　そうなるとさ、当たり前だけど開が玉阪に負ける。それがオニキスは嫌みてーだ。『勝利』のオニキスだもんな」

「あ……そっか……」

夏公演でもオニキスの公演を見て彼らの勝利への情念を感じた。

「そのせいか、根地先輩の台本に抵抗あるっぽい。だからオニキス的演出？　ってヤツが強めになってんだ。すげーカッコイイの、開の武士たち。オレだけはオレっぽいけど。まぁ、それは今、どうでもよくて」

脱線しそうになった話をスズが戻す。

「カッコイイのはいいなって思うんだ、オレ。でもさー、カッコイイ分、最後、名前が取られたときの絶望感がハンパねーんだよ。なんでこんなに頑張ってたのに……みたいなさ。見てて苦しくなるくらい」

玉阪も、開も、それぞれ名に誇りを持ち、ぶつかり、結果が出る。喜びと絶望が共存する。オニキスは、『勝利』への執念が強い分、負けの演技に凄みが増すのかもしれない。

「オニキスがそういう演出をすると予想して、根地先輩は脚本を書いたのかな……。より、生き様がリアルになるように、って」

希佐は、新人公演、夏公演で見てきた根地の姿を思い出す。最高の舞台を作るためなら、どんな手段をとることも辞さない根地の姿を。

「けど……。オレはなーんか気になっちまうんだよなぁ……」

「なにが？」

スズが腕を組んでうーんと唸る。

「……これ、見て楽しいかなって」

「え……」

なにげない言葉だが、急に視界が広がるのを感じた。

演じる自分たち。そして、見てくれるたくさんの人たち。

「これがユニヴェールの舞台なら違ってくるんだけど、式典に来る人は、どうなんだろ」

希佐は「式典……」と呟く。

「そういえば……モナさんが来るんだよ」

「ワークショップの？」

「うん。モナさん、記念式典に参加したくて、毎年毎年抽選に参加してたって。倍率がすごいらしいんだ。だから今年やっと当たって、すごく喜んでた」

スズが「おわー、そうなのかぁ……！」と組んでいた手をほどく。

「嬉しいよなそりゃ！　うん、嬉しいわ。絶対嬉しい。うん、うん。……」

スズが急に黙り込んだ。

「スズくん……？」

「オレ、自分がなんでもやもやしてたのかわかっちまった」

「えっ」

「いや、配役発表のときからずっと、もやもやもや〜ってしてたんだわ。これ、このままじゃダメになっちまわねぇか……!?　あー、でもなぁ、オレがこれ言ってもなぁ〜！」

スズが頭を抱えのけぞる。

「……なにか言いにくいことがあるなら、私が言おうか？」

内容はわからない。ただ、大事なことのような気がする。

「えっ、立花が？」

「うん。スズくんがよければだけど」

「あ～……立花が言った方が、いいことかも」

スズがまた黙り込む。

「……いや、やっぱダメだ！　これはオレだ！」

スズがぶんぶん首を横に振った。そして、うん、と大きく頷く。

「でも、とにかくスッキリはした！　ありがとな、立花！　そういや、玉阪側はどうなってんの？」

「あ、それなら創ちゃんが……」

その後、世長と合流し、世長にとっては希佐、カイと鳳、そしてスズと三度目の玉阪組説明が始まった。

スズはその間、腕を組んで黙り込んでいた。

6

「さぁさ、皆さん、合同稽古の日がやってきましたよぉ～！」

最初の合同稽古から数日をおいて、ユニヴェール劇場に再び三クラスが集まった。

通常であれば前回に比べてよりよくなっているところ。

しかし、だ。

「玉阪側……というかロードナイト、ダンスどうしたの？」

ダンスの稽古が始まって一分も経たず、加斎から素朴でかつ鋭い質問が上がる。

「うるっさいわね、それどころじゃなかったのよ！」

反論する稀だが声に元気はない。

一方、歌に関してはオニキスもきちんと稽古をしたのか前回よりぐっとレベルが上がっていた。しかし歌唱で玉阪側を支える点においては未だ難がある。

「そっちも歌唱、玉阪レベルじゃないじゃん！　ジャックなんだからもっときちんとジャンヌのこと支えてよ！」

反撃に出る稀。その言葉には加斎も思うところがあったようだ。

「ジャックだから、ジャンヌだから、……じゃなくて、支えたいと思える相手かどうか、じゃない？」

「なにそれ！　自分が認めた相手じゃなきゃ本気出せません～って言いたいのっ!?」

「そんなことは言ってないよ。でも、どうせなら支えたいと思いたいよね」

「言ってるじゃん！　そうやってこっちのせいにする！」

苛立ちが怒りの餌《えさ》となり、まるで怪物のように成長していく。

「大体オニキスは！」

「ロードナイトは」

気づけば加斎や稀に呼応して、他の生徒たちも声を上げ始めていた。

（これ、まずいんじゃ）

希佐は思っていた以上に彼らの中でこの舞台に対するフラストレーションがたまっていたことを知る。

飛び交う火花。

このままでは、爆発する。

「……おい、クロ」

「あ〜、よろしくない、よろしくないねぇ！」

フミが鋭く根地に呼びかけ、海堂と司にも目配せした。それぞれの組長が頷いて、クラスを止めようとする。

まさにそのときだった。

「はいっっっっっっ!!」

——まるで、花火。

飛び交う火花をなにもかも連れてスズの声が劇場内に響き渡った。

全員があっけにとられ彼を見る。スズは右手を大きく挙げていた。

「はい、赤いの！」

根地が即座にスズを指名する。スズが「あざます!!」と一層声を張り上げる。

「オレ、正直、ここにいる全員、舞台に立つうえで足りてないものがあると思います！」

思いがけない発言に、生徒たちが顔を見合わせる。

「え、なによ……全員？　ここにいる全員？」

稀が狼狽《うろた》えるように言った。

「歌とか、ダンスとか、芝居とか……じゃなくて？」

加斎も探るように訊いてくる。

「もっと大事なもんだ」

だからこそ、スズの強く真っ直ぐな声が響く。

「なにを言いだすつもりだ、あいつ……」

玉阪側にいた白田が眉《まゆ》をひそめながらもじっとスズを見た。世長も、「スズくん……」と彼を心配するように呟く。

開側にいた鳳は「ハッ」と息をついた。

「だからあいつは嫌いだ」

その言葉を聞きながら、カイはスズを見守る。

「……赤髪、聞かせてくれないか、お前の意見」

「ええ、興味があるわ」

海堂と司がそう言うと、オニキス生とロードナイト生も聞く体勢に入った。

フミと根地が視線を交わし、クォーツ生もスズを見守る。

（スズくん……）

これが屋上で言っていたことなのだろうか。

「今のみんなに足りないもの……それは」

スズは全員を見渡し、そして、言った。

「『玉阪の誕生日を祝おう』って気持ち!!」

それはずいぶんと幼稚に聞こえる言葉だった。

「玉阪の……」

「誕生日を祝おうって気持ち……？」

拍子抜けした生徒たちがいやいや、と笑おうとする。

「持ってるか、その気持ち」

しかし、スズに直接訊かれてみんな黙る。

「『玉阪の日』はオレたちが住む玉阪市の誕生日。記念式典に来る人たちは誕生日を祝いたい人ばっかりだ」

今回の舞台の大前提。

「なのにその舞台に立つオレたちが、学校のこと、クラスのこと、自分のことばっかでいいんですか！」

スズの言葉に生徒たちの口から「あ……」と声が漏れた。

「舞台に立たせてもらえるオレたちこそ、玉阪市、誕生日おめでとーって気持ちがなきゃダメなんじゃないですか！」

スズが自分の言葉で、自分の声で、必死に訴えかける。

「玉阪の日の主役はオレたちじゃない。玉阪市なんだ！『玉阪町』なんだ！　だから……」

スズの目がユニヴェール劇場の舞台を見据え、そしてもう一度、生徒たちを見た。

「もっと祝う気持ちを持つべき！　……だと、オレは思います!!」

荒くて、気持ちばかりが先走る演説。

「一理ある！」

しかし、海堂は真っ先にスズの言葉に呼応した。

「俺たちは少し、他のことに気をとられすぎていたかもしれない」

鶴のひと声とはこのことか。オニキス生たちが自分の行動を顧《かえり》みる。

「で、でも……舞台に立つうえで、捨てられないものとかあるじゃん！」

稀がそうやって主張するのは、司がロードナイトを守るように歌っているからかもしれない。それを否定された気分になって嫌だったのだ。

「わかる！」

スズは頷いた。

「いや、わかられても！　あんたが言い出したんでしょ！」

「オレだってそういうのあるし！　ジャックエースになりたいとか、ジャックエースになりたいとかな！　でも、とにかく今は、色んなことが整ってないいんじゃないかってオレは思うんだよ。それに、せっかくこうやってみんな集まって舞台できるんだから、いいものにしたいじゃん。いや、したいんです。そんで、見てくれる人が楽しんでくれたら、最高じゃないですか。せっかくのハレの日なんですから！」

スズの言葉に稀たちも黙る。

「根地！　この件についてはしっかり持ち帰って考えたい！」

「珍しく同意見ね。少し方針を見直したいわ」

海堂と司の言葉に、根地は「承知《しょうち》の助《すけ》！」とウィンクを決める。

「では解散！」

号令に、劇場内が一気にざわめいた。

「スズくん！」

「びっくりしたよ！　急に手を挙げるから……！」

開組の中にいたスズの元に、希佐と世長が駆け寄る。

「いやなんかもう、今言わないとだめじゃね？　ってなって……」

「おい織巻」

白田も呆れ顔で歩み寄ってきた。

「織巻、お前な……」

「い、言っちゃだめだったスかね？」

「お前はどう思うの」

「でも、言っちゃったし」

「これだからお前は……。はー、急にクォーツが表舞台に上がっちゃったな」

オニキス対ロードナイトという構造が一気に崩れた。

「立てる舞台があるなら上がらないとね、そこは！」

割り込むように根地が現れる。

「……」

「あっ、なに白田くんその目つき！　さては原因が僕にあると思っているね！」

自ら言うのは自覚があるからだろうか。

「だってそうでしょ。台本読んだときから思ってましたよ。これは揉《も》めるぞ、って」

「いやー、そうだよね、あはは！　思ってた以上に揉めたよね、ははははのは!!」

「……」

「ああ～、白田くんが白い目で僕を見てるよ～！」

どこまでもふざける根地だが、背後からフミが「クーロ？」と呼びかける。

「さすがに反省しないとダメだよね、僕も……」

根地が急に態度を改めた。白田が一層うんざり顔だ。

「織巻の言葉を聞いてハッとした生徒は多いと思うぞ」

カイがそう言うと、スズが「ああ、いや、オレも立花から話を聞いて気づいたというか」と希佐を見る。

「え、私？」

「おう。玉阪の日、モナさん来るって言ってたじゃん。それで」

初耳だった生徒たちが「モナさんが？」と訊いてくる。

「あ、はい。抽選が当たったそうで、すごく喜んでいました」

「そうか……楽しみにしている人がいるんだね」

世長が噛みしめるように言う。

ただ、こういうときでも白田は冷静さを兼ね備えていた。

「……でも、ここからが大変だぞ。この公演、気持ちだけじゃ解決できない問題が多すぎる。誰かさんの脚本のせいで」

「おや、誰だろう……？　いやでもまぁ、流れは変わるんじゃないかな。ほら」

根地が劇場内を指し示す。

そこにはオニキス生もロードナイト生もクラスごとに集まり話し合っていた。

「前は早々にこの劇場から立ち去っていた彼らが、ここに腰を据えている。あのときに比べたら、ずっと舞台に近いよ」

7

ユニヴェールという場所は三百六十五日全てが記憶に残っていくのかもしれない。

「……」

クォーツの稽古場で希佐は台本を見つめていた。

町名決定に無関心な議長。それに、強い違和感がある。

「おっつかれい、立花くん！　ご機嫌いかがかな」

「あっ……根地先輩」

「どうだい、議長のご様子は」

希佐は台本を閉じる。

「自分なりにイメージしてたんですけど……上手く摑《つか》めなくて。昨日の出来事を見て、一層わからなくなりました」

根地はうんうんと頷く。

「織巻くんが時折見せる火の玉剛球ストレートの威力たるや。それを言われちゃおしめぇよってな！　フミや組長たちが発言しづらい中、よく言ったもんだよ」

「発言しづらい？」

根地が大袈裟《おおげさ》に両手を広げる。

「だって！　このメンツが方針決めちゃったら納得感すごすぎて、みんな従っちゃうでしょ？　例えばおフミさんに『お前ら、玉阪を祝う気持ちがねーぞ』なんて言われたら『はいそうですね僕が悪かったですごめんなさいわっかりましたぁ！』じゃない」

それこそ、発言した瞬間に解決しそうな威力がある。

「でもそれって、ユニヴェールの『自主性』からかけ離れちゃうと思うのよねぇ。強い人に依存して、考える機会が奪われるというかさ。だから、織巻くんみたいに……言葉は悪いけど、良くも悪くも舐《な》めてかかれる人が言った方が、自分の気持ちを無視することなくその現実と向き合える気がするのよ。『俺もそう思う』『僕はそう思わない』って感じでさ。まぁ、僕は織巻くんのこと舐めないけどね。美味《おい》しくなさそうだし！」

「思考が活性化しやすい、ってことですか？」

「僕のジョークも聞いて？　でもまぁ、そういうことよ。しっかり賛も否も出る。で、否定肯定どんと来いな分、まだまだ一つにまとまる力はない。やっぱそう簡単な問題じゃないからね。人がたくさん集まる場所になるとなおさらよ」

三クラスが玉阪の日を祝うために一致団結する、スズの発言をきっかけに見えた目標はまだ遠い。

「なにか……できないんでしょうか」

希佐は台本を見つめる。今回、希佐はなにかにつけて蚊帳《かや》の外《そと》だ。議長と想いは重ならないのに、議長と同じようにみんなの輪から隔絶された存在になっている。それがもどかしい。自分もこの舞台のためにできることがないのだろうか。

「否定肯定の渦の中、立花くんのように思ってる人は他にもいるだろうね。例えば……海堂」

「海堂先輩が？」

「ん。発言しづらい立場とはいえ、それこそ海堂は今回織巻くんがいる開組のリーダー。そこから出た意見を無下《むげ》にはできない。海堂は僕より遥かにずっとしっかりしてるからね！」

そして、ニッと笑う。

「行ってみる？　開。玉阪には行ったんでしょ」

「え、いいんですか？」

「よいさぁ。夏公演とは真逆だね！　あのときはオニキスとロードナイトの組長に引っ張り回されてたけど、今回は自ら足を向ける！　……それがきっと、役の『透明感』に繋がると思うよ」

　――透明感。

　配役発表のとき、根地から言われた言葉だ。

「行きたいです、開に」

　根地がにっこり笑った。

「いってらっしゃいな」

　希佐は根地に進められるまま、オニキスへと向かう。

「……あれ、海堂先輩？」

　稽古場の前、遠くから見てもわかる凜とした佇まい。

「来たか、立花！　根地から話は聞いたぞ！」

「すみません、今日はよろしくお願いします！」

「ああ！」

　そのまま稽古場の中に入るつもりだったのだが、海堂が「それでは行こう」と足を踏み出した方角は稽古場とは真逆。

「えっ、あの、海堂先輩？」

　稽古場を振り返りながら尋ねるが、彼の歩みは止まらない。どんどん校外へと進んでいく。

「開を見たいのだろう？」

頷く希佐に海堂は自身の胸を叩いた。

「だったら俺を信じてついてくると良い！」

海堂の力強い言葉には有無を言わせぬ迫力がある。

（そういえば……）

タイプは違うが、フミにもこういうところがある。どんな状況でも彼が一言発するだけで全てストンと入り込んで、納得してしまうことが。

（だからこそ、発言することに慎重になるのかな……）

敏感で聡《さと》いこの人たちは、浮き上がる問題の形も正しい解決法もわかっていながら黙っていなければいけないことが多いのだろうか。

それは——息苦しくないのだろうか。

「立花！」

「あ、は、はい！」

気づけば階段を下り、校門前に辿り着いていた。

「……えっ」

待機していたのはいかにも高そうな黒塗りの車。素早く運転手が現れドアを開く。

「あ、あの……？」

これは一体。

「では行こう！」

説明不充分で混乱しているが信じろと言われたのだ。希佐は意を決して車に乗り込んだ。

「……見えるか、あそこが多嘉良川だ！」

坂を下り、町を抜け、車で数十分ほど走ったところで視界の先に川が見えてきた。

「えっ、多嘉良川って、リンが魚を釣って食べた……？」

「そうだ！　大伊達山を水源とし、玉阪と開を隔てる川でもある！」

川のこちらが玉阪で、渡った先が開。希佐はようやく自分が『開の町』に向かっている ことを知る。根地は元々そのつもりで、でも悪戯心も含めて希佐を送り出していたのだろう。

車が多嘉良川に架《か》かる橋を渡る。

「多嘉良川は砂金《さきん》がとれたことでも有名だ」

「えっ、砂金!?　あ……もしかして多嘉良川って、宝の川という意味ですか？」

「聡いな。他にも色々意味があるそうだが、一番はそれだ。さぁ、開に入ったぞ」

川を越えると、町の景色が急激に変わっていく。

「都市だ……」

古い歴史を感じさせる玉阪にはないビルの数々が開という町にはあった。

「よし、ここで降りよう」

車が止まったのはビジネス街の中心にある近代的な駅のターミナル。そこには大きく「玉阪市駅」と書かれている。そういえばワークショップでアキカが「玉阪市駅」についても話していた。

「玉阪市の政治機能は全て『開』に揃っていると、モナ・スタースクールでモナさんたちから教えてもらったことがありました」

「そう！　向こうに市役所！　すぐ近くに警察署！　公園向こうには裁判所や大学病院、他には博物館や美術館、水族館といった文化施設もある！」

「海が近いんですか？」

「開のすぐ隣が絢浜《あやはま》市だからな！」

少し前、夏合宿で宿泊した海堂グループ所有の『ヴィルチッタ絢浜』がある絢浜市だ。

「開にはビジネス街もある！　うちの関連会社も入っているぞ！」

希佐にとって海堂はオニキスの組長だが、彼には海堂グループの御曹司という側面もある。いや、本来はそれが正面なのだろうか。

「開は玉阪と見た目から全然違うんですね」

「玉阪は歴史的景観の保全に注力しているからな！　その分、開が都市機能の発展を請け負っている部分がある」

だからこんなに都会なのか。希佐は背後にある駅を改めて見る。一点、気になることがあった。

「駅の名前……『開』ではないんですね。あ……！」

それが、玉阪と名前を争い負けた結果なのだろうか。

しかし海堂はすぐ否定する。

「ここは開だが、かつての武士の町『開』はもうひとつ向こう側だ。では行こう！」

「えっ、あ、はい」

海堂は車ではなく徒歩で線路沿いの通りを進んだ。

「あれ……」

すると急に、景色がひらける。

「あっ」

四方をビルに囲まれた高台に、立派な城が建っているのが見えた。

「あれが、開の城だ」

城が近づくにつれ、街並みも徐々に変わってくる。

曲がりくねった道、長い石積みの塀、漆喰《しっくい》の蔵、美しい寺院、そして古い武家屋敷。

これが、開。武士の町。

「ああ、ここだ」

海堂が立ち止まったのはそんな街の一角。青々とした大きなもみじの木がある武家屋敷だった。一般公開されているようだ。入り口には住所が書かれた細長い町名板があり、『玉阪市開』と記されていた。

海堂はそれをしっかり見てから中へと入る。

「これ……資料館になっているんですね」

いくつもの部屋が連なるこの家には開の武士にまつわる史料が多く置かれていた。当然のように彼らが仕えた藩主の名も。

「この……江戸中期の開松原《ひらきまつばら》という人が比女彦に玉阪の土地を与えた人物だ」

「……！　この人が……」

『玉阪町』の説明で聞いてはいたが、こうやって開の町で見る彼の名は重みが違う。

「相当なやり手だったそうでな。彼の時代、開は大いに栄えたらしい。玉阪座も松原公の功績の一つだからな。だが……時代は移り変わる」

奥に進むと、着物姿と洋服姿の男が入り交じったモノクロ写真が展示されていた。

「これは開の武士たちだ。正式には士族か。俺たちが演じている人たちも、ここにいる」

「えっ！」

希佐は驚いて写真を見る。

「真ん中にいるのが新田氏……俺が演じている人だ。こっちは初花氏で加斎。これが楢柴《ならしば》氏……カイ。ちなみに、織巻が演じている人物……彼だけ下の名前だな。琳《りん》氏はこの写真に写っていない。写真を撮る日に寝坊したそうだ」

「えっ！」

「この家の主が手記にそう書き残している」

大事な日に寝坊、どこかで聞いたことがある話だ。根地もその話を知っていてわざと重ねたのだろうか。

希佐は改めて写真を見る。生身の人間、実在の人物。

（私たちは……過去に起きた現実を演じているんだ……）

考えてみると史実を元にした舞台は初めてだ。それが、ずしりと肩に乗る。

「俺には開関係の知り合いがいる」

「えっ……」

「この町に縁がある人だ。その人のことを思うと、どうしても凜々《りり》しく雄々しく演じたくなった。今もそうだ。玉阪と同じように、開も人々に愛されている場所だからな」

ただ、と海堂は言う。

「その気持ちだけではだめだと気づかされた。あの赤髪にな」

スズのことだ。

「自分の気持ちにウソをついたり、顔を背《そむ》けたりはしない。ただ、同じように玉阪を祝う気持ちを持たなければいけない。そのうえで、開組の演出について色々と考えたかった。だから今日、ここに来た」

「そうだったんですね……。あの、ご一緒してもよかったんでしょうか？　同じ舞台とはいえ私が演じる役は開とは関係のない立場なのに……」

開を想う大事な時間に自分がいては邪魔なのではないだろうか。

「……」

海堂はもう一度、古い写真を見る。

「立花」

「はい？」

「知っているか？　お前が演じている議長もまた、開の武士だ」

「……。えっ！」

驚いて海堂を見上げる。

「彼も新田と同じように開出身の政治家で、士族。そんな彼が町名検討議会で議長を任されたんだ」

驚きに胸が打ち鳴る。

「すみません、私、全く知りませんでした……」

「知らないことを正直に知らないと言えるのは良いことだ。そもそも根地も、歴史をなぞってはいるが歴史色を強くしたかったわけではないだろう。根地が追っているのはあくまで歌劇としての面白さ。根地のそういう舞台感覚がねじれを生むこともあるのだが……今、その話はいい」

海堂がゆっくりと縁側に向かう。

「立花、議長はな……玉阪側から多額の賄賂《わいろ》を受けとっていたんだ」

「えっ……!!」

体が大きく跳ねた。感情の見えない無関心な男に突然混ざった錆色《さびいろ》。

(まさか、その結果が玉阪市……!?)

開の人間でありながら開の人間を裏切ったのか。動揺に汗が滲む。

「いや待て!」

「えっ」

しかし、海堂が急に制止してくる。

「立花。実際は議長が開と繋がり、玉阪側の人間たちを陥れる計画を練っていたんだ」

「えっ!?」

さっきと真逆じゃないか。議長像に墨《すみ》がぶちまけられる。もはや輪郭さえわからない。

ところがそんな希佐を見て、海堂が「ははははは!」と大きく笑った。

「か、海堂先輩……？」

「いや、すまない！　悪いことをした。立花、この二つは当時実際に立った噂なんだ」

「えっ、じゃあ、嘘、ということですか？　それとも、本当？」

「さぁ、それはどうだろうな」

海堂は含みを持たせる。希佐はハッとし、背筋《せすじ》を伸ばした。

ここは、ユニヴェール。

「調べてみます」

自主性が重んじられる場所。

それはきっと、人が成長するうえで大事なことだから。

議長がわからないと思っていた。しかしそれは、自分がもっと深く彼を知ろうとしなかっただけ。

海堂が深く頷く。

「……ん？」

そこで海堂の携帯が鳴った。

「……菅知か。よし、立花。そろそろ帰るとしよう！」

この場でも、自主性が彼らを突き動かしていた。

「……さてさて、どうしましょうかネェ、玉阪の日」

海堂不在のオニキス稽古場。開組の生徒たちは、オニキス、クォーツが入り交じり、顔を突き合わせ話し合っていた。

「……正直、今回の舞台、気が乗らない部分があった。あまりにも玉阪優位に描かれていないか？」

登一が複雑な表情を浮かべる。オニキス生もそれに同調する。

「玉阪が名を勝ち取る話だ。優位に描かれるのも当然だろう」

だが、鳳はスパンと言い放つ。

「オニキスは自分たちの感情を優先しすぎている。舞台以上になな」

鳳のもの言いに、登一の眉間のしわが深くなった。

「それを言うならクォーツのジャックは消極的すぎないか？　大事なところで後ろに引いている印象がある。舞台から遠のいているように見える」

鳳が「違う」と否定する。

「前に出すぎることで舞台が壊れることだってある。繰り返すが、これは玉阪が名前を勝ちとる物語だ。なのにオニキスは前に出すぎている。もっと俯瞰《ふかん》的に舞台を見るべきだ。玉阪を立てるべきだ」

登一が「うっ」と言葉に詰まった。

今度はダンテが「ン〜、でも」と発言する。

「それじゃあ開と玉阪の対立軸が崩れませんかネェ？　対等であってこそ引き立つ関係だと思いますヨ。立てられなければ負けるのであれば、それは玉阪側の問題じゃないデスか？」

「いや、それは……」

「そもそもあちらには、麗しの華たちが揃っているんですヨ？　高科先輩が立てられなければ負けるとでも？」

ダンテは言葉巧みだ。

「そんなことは言っていない！」

「ですよネ。じゃあもう一度考えてみてください。開が前に出ず、この舞台が成り立つのかどうか」

今度は鳳が押され始める。そこで、スズがすっくと立ち上がった。

「おい、ダンテ！　言い負かすことだけ考えてんだろ！　祝う気持ち感じねーぞ！」

スズの指摘に加斎が吹きだす。

「はい、アウト。玉阪祝いたい警察来たよ、ダンテ」

「ア〜、スズはとっても厳しいネ〜」

「でもさ、織巻。ダンテの言ってること、俺は間違ってると思わないよ。だってさ……」

そんな白熱する議論を少し離れた場所で見ている人物がいた。

カイと菅知だ。

二人は自分たちの発言の重さを考慮したうえで距離をとっている。無言のままずっと。

それは答えが出るまで続くのだろうとカイは思っていた。

「……睦実先輩」

そんな中、菅知が口を開いた。

「ん、ああ？」

「今回の合同公演、どう思ってます？」

「今回の？　俺は……」

すぐに答えられなかった。今となっては『合同公演』という言葉が指し示す範囲は広い。

一言でこう、と言うのが難しいほどに。

「……俺は、ずっと思ってるんですよ」

だが、菅知はそうではないらしい。

「海堂さんと高科先輩が組むと聞いて、そこは俺の場所やぞって」

「……！」

最初も最初、始まりの場所。

「今回の舞台決まったときから、ずっと思ってるんです。合同って時点で、二人が組むのは想像できましたからね」

カイの意識はスタート地点に戻される。合同公演が決まったあの日。

そして、配役発表があった瞬間。

「確かに華のある二人が組めば見栄えはええですよ。でも……海堂さんを一番輝かせることができるのは俺や。高科先輩相手でも負けけん。俺や、俺やぞって」

一見、感情の起伏が乏しいクールな彼だが、その胸には熱い闘志を秘めている。

（フミと、海堂……）

彼らがこうやって組むのは初めてではない。立花継希と組んでいたときも、立花継希がいなくなった頃も、そしてカイというパートナーがいる今も、76期が集まればフミはいつも海堂と組む。

海堂は、大きく変化するフミをものともせず、王者の風格でフミの隣に立っていた。彼はフミを楽しんでいたし、フミもそうだったのではないかと思う。

そんな二人を見て、カイはずっと思っていた。

――似合う、と。

過去を思い出すと、無力が近づく。

（いや、ダメだ）

カイはふつふつとこみ上げそうになった感情を抑える。学んだから、夏公演で。器でしかない自分が、器にもなれる自分に変わった。

そこになんの差がと思う人もいるのだろう。

選べるようになったのだ。自らの意志で、望んで器ができるようになったのだ。カイのために器になってくれた希佐のおかげで。

だから、過去の自分の弱さで今の変えてもらった自分を傷つけたくない。そのためには――〝正直〟が必要なのかもしれない。

「……今回の舞台については、祝いたいと思っている。織巻と一緒だ。ただ……」

カイは自嘲の笑みを浮かべた。

「少し悩んでいた。パートナーのこともだし、あとは、クォーツのジャックであるということ」

カイはぽつりぽつりと話しだす。それが菅知への礼儀のような気もしていた。

「クォーツのジャックは、ジャンヌの器として動くことが多い。極めてユニヴェール的だ」

そう、ユニヴェールにおいてジャンヌは華。その華を活かすために動くのがジャック。それが通例。ジャックを主役に立てるオニキスはむしろ特殊なのだ。ただ、その特殊さに照らされると自分たちの形を知ってしまう。

「華としての魅せ方を熟知しているジャックたちと並んで、レベル差のようなものを感じた。クラス色が違うと言えばそれまでだが……オニキスのジャックは、強い」

そしてカイは思ったのだ。

自分に華のあるジャックを育成できるのか、と。

いや。

自分に、織巻寿々を育てられるのかと。

その透明性が故《ゆえ》になにものにでも美しく染まる希佐とは真逆。スズは決して染まらない織巻寿々という名の原色。

オニキス生相手にどんなに拙《つたな》くても決して劣ることなく張り合うスズを見て、その想いを一層強くした。クォーツのジャックエースが華のある人間であれば――立花継希のような人であれば、スズはもっと成長できたのではないかと。今のクラスの形が、器という立場の自分が、彼の成長を阻害しているのではないかと。

「……睦実先輩」

そこで、菅知が口を開く。

「でもあなたは夏公演で銀をとったやないですか」

「……！」

個人賞のことだ。

カイにとっては、多くの助けによって手に入れた結果。花が咲いた瞬間。

しかし、オニキス――菅知にとってはどうだ。

常にフミを追い、銀をとり続けていた海堂の陥落《かんらく》。

もしかすると海堂以上に、菅知がその事実を重く受けとめているのかもしれない。海堂の器として、彼を輝かせることに心血を注ぎ続けている彼だからこそ。彼が器として海堂の隣に立っている時間は、カイがフミの隣に立っている時間よりも長いのだ。

「俺、もう一個思ってることがあるんです」

こんなときでも彼はペースを崩さない。

「睦実先輩の言葉って、本当に睦実先輩の言葉でしょうか」

「どういう……ことだ？」

「睦実先輩の言葉、根地先輩を感じることがあります」

「……！」

思いがけない言葉だった。だが突然鏡の前に立たされたかのような気持ちにもなった。

心当たりが、ある。

菅知は脇にはさんでいた台本をパラパラとめくる。

「睦実先輩は、根地先輩が脚本に込めた意味を読み解き、噛み砕き、わかりやすくして、俺らに伝える代弁者のように見えることがあるんです。そこに、睦実先輩の意志はあるんでしょうか？」

「俺の……」

「海堂さんは、そこに引っかかってるんですよ。だから頷かない」

でも、と菅知は言う。

「睦実先輩の『声』なら聞くはずです」

菅知の声は優しかった。

菅知が台本を閉じ、目を細める。

「この舞台、海堂さんの本当の隣は、高科先輩やなくて睦実先輩なんじゃないんですか？」

「菅知……」

「見せてくれませんかね、睦実先輩の〝銀〟を。祝わないかんのですから、『玉阪の日』を」

これがオニキスのアルジャンヌだ。

器としての自分を誇り、ぶれることなく戦い続けるアルジャンヌ。

「……。菅知」

「はい」

「海堂を呼んでもらえないか？」

菅知が口角《こうかく》を上げる。

「そろそろ戻ってくるんやないですかね。少し前に連絡入れときました」

菅知がそう言うのとほぼ同時だった。

「戻ったぞ！」

海堂がオニキスに帰還した。

「さぁ、どうなっている！」

確認のため、菅知に問う。そこでカイが一歩前に出た。

「……どうしたカイ」

なにか感じたのか、海堂がカイに向き直る。

「舞台について、提案をしたい」

「……ほう。聞こう」

海堂とカイの対面に、討論していた開の生徒たちが慌ててそちらを見る。

「カイさん……」

「……」

スズと、鳳もだ。

そうだ、自信を持たなくてはとカイは思う。自分のためにも、後輩のためにも、クォーツのためにも。

「お前を華、俺を器として動きたい」

カイが最初にやって海堂に否定された案だ。

「それは、なぜ？」

「最もふさわしいからだ。もう一度試させてくれ」

「……」

カイが真っ直ぐ海堂を見る。海堂は頷いた。

「……みんな、準備してくれ！」

生徒たちが一斉に立ち上がった。


「『……このまま名を奪われるというのか』」

海堂演じる新田が歯噛みする。比女彦ら玉阪座の役者らの働きにより、もはや「玉阪」は新時代の代名詞となっていた。

「『新田……お前は充分やったよ、だから、少し休んでくれ』」

やつれ追い詰められる新田を、カイ演じるナラシバが諫めようとする。

「『……いや、だめだ！　比女彦に会ってくる』」

「『開の政治家が自ら比女彦を訪ねるというのか……！　お前がそんなことをする必要などない、もういい、時代が悪かったんだ、時代が……！』」

「『俺は諦めない！　開のためならなんでもする……なんでもだ！』」

衝突する二人。それを見ながら、多くの生徒が頷いた。

武士としての強さを持つが故の哀しさは全て海堂の新田に、時代に翻弄されながらも受け入れようとする弱さ故の強さはナラシバに。

華として立つのは海堂だが、器のカイの存在感も確かにある。あとに続く展開なども考えれば、この関係性は非常に効果的だった。

なにより、凹凸が重なり合うような二人の関係が美しかった。

「……最初に伝えたいことがある」

芝居を終え、カイが改めて海堂を見る。

「この台本が、コクトが、俺に『器』になれと言っているのは確かだ。だが……俺自身もそう思っていた。今回の舞台、海堂の器として動きたいと」

「！」

海堂が驚き目を開く。

「俺はコクトの舞台が好きで……コクトの作ろうとしているものを一緒に見たい、一緒に作りたいという気持ちがある。だから、コクトの言葉をそのまま借りて語ってしまうところがあった。だが、これは俺の意志なんだ。俺自身が納得しているからこそ、こうやって動いているんだ」

カイは「覚えているか、海堂」と、問う。

「同期の訪問公演、ジャックエースとして前に出るお前の後ろで俺は名もない背景だった。だが、コクトがクォーツに来て、俺がジャックエースに選ばれ、器になって……今こうやって、舞台の上、お前と並び語らうことができる。それは俺にとってこのうえなく幸福なことなんだ。だからこそ自分の力を活かしたい。器として研鑽《けんさん》してきたこの力を使いたい」

「……」

「正直、お前相手だと華をやるより器をやる方が難しい。お前にはいつもパーフェクトをたたき出すパートナーがいるからな。そいつとの戦いでもある」

菅知がわずかに顔を上げ、そしてまた戻した。

「だから海堂、認めてくれないか。お前が華で、俺が器だ」

恐らく。

海堂と同じ舞台で演じられるのはこれが最後だ。

――76期生。

きっとフミと司の胸にも同じ思いがある。

根地は――わからないが、それでも。この舞台は、76期生にとってこれから迎える惜別《せきべつ》の一つ。

自分たちは、卒業を控えた三年生なのだから。

「……」

海堂がスッと腕を組む。

答えは早かった。

「わかった！」

海堂の胸に感傷はなく、きっと誰よりも未来を見ている。

「優れたものを評価せずに繁栄はない！　今回はお前が懸命に鍛えてきた器の力、感じさせてもらうぞ！」

海堂がカイの方へ手を差し出した。

「……ああ！」

彼の手を、しっかりと握る。その瞬間、オニキス生もクォーツ生も全員、胸をなで下ろした。

「……だがいつかは華になれ」

「!!」

その声は、カイにだけ届く声量。

「お前にはその力がある」

固く握りしめられた手が未練なく離れていった。

「なぁ、鳳！」

スズが誇らしげな顔でカイを見る。

「やっぱカイさんはすげーよな！」

鳳はふんっとそっぽを向いた。これだからスズのことが嫌いなんだと何度でも思う。

このユニヴェールにおいて、鳳が一番仲がいいのはこの織巻寿々なのではないかと錯覚しそうになるから。

「お前のことは気に食わんが同感だ」

スズがニカッと笑う。

「おっしゃあ！　はいはいはいはいはいはいはい！」

スズが大きく手を伸ばした。

「どうした、赤髪！」

「この勢いでもっかいダンスやりたいッス！」

「ははははは！　よし、舞台の頭から一気に通すぞ！　玉阪の誕生日を祝うためにな！」

8

蟬の鳴き声が、ピタリとやんだ。

「希佐ちゃ～ん！」

海堂と一緒に『開』に触れた翌日、午後。玉阪座駅の改札口から中学時代からの友人、茜《あかね》あおが姿を見せた。

両手にはいかにも重そうなトートバッグを持っている。

「あお！　こんなに用意してくれたの!?」

希佐が駆け寄り、彼女の手からバッグをとった。

「資料になりそうな物、片《かた》っ端《ぱし》から持って来たよぉ！」

「わぁ、ごめんね！　えっと、とりあえず喫茶店入ろうか！」

「うん！」

駅から歩いてすぐ、比女彦通りにある喫茶店。

「ほら、見て希佐ちゃん。これが『玉阪町の命名について』。こっちは『明治の大合併』。あとこれが『名前を失った開』……」

テーブルの上に分厚い歴史書が開かれていく。

海堂と別れたあと、希佐は玉阪について、そして自分が演じる議長について調べることにした。だが、こういった歴史を探る場合どうやって進めていけばいいのかいまいちわからない。だからあおに相談したのだ。

あおはそれこそのんびりおっとりしているが、ユニヴェール歌劇学校の舞台が見たいという夢を胸に、玉阪市の隣、絢浜市にある聖《セント》アガタ女子学院に合格した才女である。

んはー！

入学してからというもの、いつも試験勉強で苦しんでいるが彼女は勉強ができるのだ。

あおは話を聞くなり「あおも、手伝うよ！」と言ってくれた。

「私も記念式典見に行きたいけど、玉阪市に住んでないと応募できないんだよ～。残念だな～って思ってたからこういう形で関われて嬉しい！　希佐ちゃんの役に立てるのはもっともっと嬉しい！」

「あお……本当にありがとう」

「えへへ。あ、そうだ、それでね、玉阪市の歴史……本によってビミョ～に内容が違うんだ」

希佐はあおが持ってきてくれた本を読む。

「本当だ……。こっちは玉阪の役者の動きが多いね。こっちは開……」

「こういうのって書いた人の考えが色濃く出てたりするんだよ。だからなるべく色んな資料を集めて、考え方が偏《かたよ》らないようにした方がいいの」

あおはさらりと言っているが、それは本当に大事なことかもしれない。誰にだって確かな言い分があるのだから、どちらか一方に肩入れしたらもう一方が見えなくなる。それこそ玉阪と開のように。

「それでね、この辺の資料を読んでもらったうえで希佐ちゃんに見せたいものがあるの」

「見せたいもの？　わかった。じゃあ、まずは読むね」

「うん」

希佐が本を読み始めると、あおは黙ってそれを見守る。

そういえば中学のときも、こうやって二人、静かに時間を過ごすことがあった。

（……私が大変だったとき……あおはずっと側にいてくれたもんな……）

希佐の手を黙ってぎゅっと握ってくれたこともある。そのときのことを思い出すと涙腺が緩《ゆる》むから、希佐は誤魔化《ごまか》すように息を吐いて、資料に集中する。

海堂が言っていたように議長に対する様々な噂話も載《の》っていて、それなのに実際はどうだったのかは書かれていない。

（この人は一体どういう人だったんだろう……）

調べれば調べるほど、わからなくなっていく。

あおが用意してくれた資料を全部読んでも、結局それは同じだった。

「ふー……」

成果が上げられなかった脱力感。しかし、そこであおがバッグの中からファイルを取り出す。

「え、これって……」

見れば文献のコピー。

「持ち出し禁止の本だったからコピーしたんだ！」

「そうなの!?　そんなにすごい本なんだ」

「うん。これね」

コピーの文面をあおがなぞる。

「命名騒動のとき、議長をしていた人が書いた記録なんだよ」

「えっ!?」

喫茶店の中、思わず叫んで立ち上がった。みんなの視線が自分に向いて希佐は慌てて腰を落とす。

「議長さんのご子孫がとりまとめたものみたい。おかげで文章もなんとか読めるよ。昔すぎるとあおもよくわからないから」

あおが「えーっとね」と読み始める。

「『町の命名に関して私が議長に指名された。私はここから、一切の交友を断つ。透明性を保つために』」

「え……」

（透明性……）

最初から衝撃だった。

あおの言葉は続く。

「『玉阪の役者から面会の申し出。断る』『町で開の武士に会ったため、引き返す。しばらく町は歩かない』『玉阪の鶏笠焼《とりがさや》きも、季節のいちじくも食べられず』『将棋《しょうぎ》の誘い。断る』」

あおから語られる彼は、人との交流を徹底的に避け閉じこもっていた。町の名に関する自身の見解は一つもない。

「議長に選ばれてからずっと、こんな感じなんだ。ほらこれも。『今日は一人、将棋を指《さ》す。昨日もそうだし、明日もそうだろう』……」

いつもなら正面に人がいるのだ。きっと開の仲間たちが。

あおは更に先を読む。

「『庭のもみじ』」

「え……」

その言葉に覚えがある。

「『庭のもみじ、未だ青く。早く町が赤く美しく色づけば良い』……」

風景が思い浮かんでくる。突然、予感がした。

「あお、議長さんは町の名前が決まったあとはなにか言ってる?」

「なにも。なんにも。今日はうどんを食べたとか、仲間が家に来たとか、仲間と昔撮った写真を見て、そのうちの一人が寝坊して映っていないことを笑い合ったとか……」

「……!!」

希佐は思わず口を押さえた。

脳裏に海堂の言葉が蘇る。

——琳氏はこの写真に写っていない。写真を撮る日に寝坊したそうだ。

——この家の主が手記にそう書き残している。

海堂に連れて行ってもらった、開の武家屋敷。そこには大きなもみじの木。

「あの家……、議長の家だったんだ……！」

開の歴史で埋められた場所。写真に写った仲間たち。それが議長の屋敷。

だったら議長も開を愛しているに決まっている。

しかし議長に選出された彼は、玉阪はもちろん仲間との交流も避け、誰とも関わらず、名が決まるその日まで待った。

それはなぜなのか。


「……」

あおと別れ、玉阪坂を上りながら希佐は町を眺める。

そこかしこから歴史情緒が漂う町。

坂の上からだと、遠く川の向こう、開の町の姿も見える。少し前まで、あの場所も玉阪市だと知らなかった。

——もみじ、未だ青く。早く町が赤く美しく色づけば良い。

どんな想いで、そう綴《つづ》ったのだろう。

「……立花？」

ユニヴェールが近くなったところで、前方を歩く人を見つけた。

向こうもこちらに気づいて振り返る。一期上の先輩、白田だ。

「白田先輩、お疲れ様です」

「ああ。……なに、またあちこち動き回ってるの？」

「自分が演じる議長について色々調べていました」

白田ははぁ、と呆れのため息。

「忙しいなお前も。で？　それを踏まえてまた玉阪や開の稽古を見に来るの？」

希佐は苦笑する。

「いえ、自分の稽古に専念しようと思います」

白田が意外、とでもいうように希佐を見た。

「みんなのことが気になって、あっちにこっちに動いていたんですけど……私の役は議長なんです。玉阪でも、開でもない、中立な立場の人。だったらきちんと腰を据えて役と向き合うべきだってようやく気がつきました」

人の感情が激しく交差し火花が飛ぶ場所は希佐の心を激しくかき乱す。なにかしなければと掻き立てられる。

だが、人との関わりを避け自身の役割に専念した議長のことを思い、改めた。

「適した人が、適した場所で、適した力を発揮する……」

今回の配役だってそう。

「私に求められているのは人と交ざり合うことじゃない。中立で……透明」

激しくぶつかる時勢の流れ、その真ん中、のまれることなく自分の足で立つ標識。

「みんななら、きっと大丈夫。絶対に、良い舞台になる」

希佐は信じる。みんなのことを。

「すみません、長々と。それじゃあ、お疲れ様でした」

希佐は白田に頭を下げるとクォーツの稽古場に向かって走っていった。


「……」

一人になった白田は、駆けていった希佐の背中に、ユニヴェール劇場の真ん中で臆《おく》することなく手を挙げたスズを重ねる。

「これが同期なんだから、世長も鳳も大変だな」

希佐とスズに、今度は御法川と菅知を重ねる。

自分の姿は、一体なにに重なるのか。

「あー……もう」

白田ははーっと大きくため息をつく。

「……仕方ないな！」

白田は歩きだした。

校門から続く大嫌いな地獄の階段をのぼり、その勢いのままユニヴェール校舎を横ぎって、クォーツ寮も通り過ぎて。

「おい！」

やってきたのはロードナイト寮。

「……えっ、美ツ騎様!?　美ツ騎様だ！」

稀が驚き声を上げ、他のロードナイト生もあっという間に集まってきた。

騒ぎを聞きつけたのか御法川もやってくる。

「えっ、白田？　どうしたんだ。『玉阪町』のことでなにか確認か？」

御法川の手には台本が握られていた。顔色はすこぶる悪い。

「どうしたんだ、はお前だ御法川。あとお前たちもだロードナイト生。いつになったら真面目にダンスに取り組むんだ」

ロードナイト生が「あわっ」と胸を押さえた。

加斎やオニキス生に言われたときのように反発しないのは、白田のジャンヌとしての素質、トレゾールとしての実績からくる尊敬の念があるからだろう。

「でも、どうしても歌が気になって……」

稀が指先をすり合わせながら勢いなく言う。

「言い訳するな」

「ご、ごめんなさい！」

だからこうやって白田に叱られても即座に謝罪する。

「えーっと、だ、ダンスの稽古するか！」

しょんぼりしているロードナイト生たちを見て、御法川がわざと明るく言った。

（『適した人が、適した場所で、適した力を発揮する』……）

そういうのは嫌いだ。

嫌いだが。

「御法川、お前は黙ってろ」

「えっ」

「僕がこいつらの歌を見る」

ロードナイト生が一斉にどよめいた。

「え、歌？　ダンスじゃなくて、歌って言ったよね!?」

真っ先に稀が叫ぶ。

「言った言った！　てことはぁ、美ツ騎先輩が私たちに、歌のレッスン〰〰〰〰!?」

ユキも驚き声を上げる。天変地異の前触れかとロードナイト生たちが慌てふためく。

そんな中でも一番驚いているのは御法川かもしれない。

「おい、白田、どういうことだ？」

困惑顔の御法川を白田は睨みつけた。

「お前は自分のことに集中しろ」

「えっ」

「フミさんの隣が片手間でできるか」

断言する。

うちのアルジャンヌを舐めるなよと。

その言葉に御法川がぐっと唇を引き結んだ。多分そんなこと、御法川自身が一番よくわかっている。しかし、けれど、彼には放棄できない責任があるのだ。

——だから。

「ロードナイトがダンスの稽古に集中できないのは、歌に自信がないからだ。僕が一気に歌う力を底上げする！」

それまで騒いでいたロードナイト生が息を呑んだ。白田の目が本気だったから。

「だからお前は浮いた時間を全部自分に投資しろ、御法川。それからフミさん相手に真《ま》っ向《こう》から勝負するな。機転を利《き》かせて、活路を見い出せ。僕は知ってるぞ、御法川。お前は

MRL
Pavarotti
carlas
Piaf

頭が悪くない」

「白田……」

「じゃあ、稽古するから集まれ。希望者だけで良い。やる気のない人間の面倒見るほど僕は優しくない」

白田がロードナイト生に睨みを利かせる。

「いや絶対参加するー!!」

だが、即座に稀が大きく手を伸ばした。

「美ツ騎様から直々《じきじき》に歌の指導なんてレア中のレアイベントじゃん!」

嬉しくて仕方ないという表情だ。

隣にいたユキとエーコも同じ。

「美ツ騎様の歌も間近で聴けるしぃ!　まじまじのハッピーセットぉ!!」

「……ん!」

ロードナイト生たちが手を合わせて喜び合っている。波はあるが、ロードナイト生はみんな歌が好きなのだ。

「……あらあら」

少し離れた場所から司がその光景を見る。

「ふふ、いいじゃない」

9

ここはいつも、わずらいものを避けるように清浄《せいじょう》なお香の香りに包まれている。

「……では、アンバーは凱旋《がいせん》公演をやらないと？」

演劇講師でクォーツ担任、江西録朗《えにしろくろう》がたゆたう香りの先にいる人物に問いかけた。

「ああ。田中右《たなかみぎ》がそういうご気分じゃないそうで」

当代玉阪比女彦、中座秋吏《ちゅうざしゅうり》は「まぁ、そんな気がしてたけどなぁ」と笑う。

「海外公演は成功したと聞いていますが」

それを祝して執《と》り行《おこな》われることになったのが凱旋公演なのだ。

「周囲の評価がよろしくても、当人が納得できなきゃそれまでだ。田中右が動かなきゃ、アンバーは誰一人動かねぇ」

アンバー。

天才・田中右宙為《ちゅうい》の王国。

「箍子《たがね》先生はなんと？」

それはアンバーの担任、箍子数弥《かずや》のこと。

「『田中右くんに任せます』だとさ。実際のところは穏やかじゃないだろうけど。でもまあ、なんでも利用するんじゃねぇの。老獪《ろうかい》な人だからなぁ、あの人は」

ひょうひょうと言ってはいるがそれこそ根深い問題である。

「それより江西、あれはどうなってんだ」

「『玉阪の日』ですか？」

「ちょうど玉阪座の方から話がきてさ。出席どうされますか、だとよ。そりゃあ参加しますわな」

名の元となった玉阪座の代表として、この式典に参加するのだ。

「順調、という話は耳にしません」

「ははは！　三クラス合同って案にはビックリしたもんだが、一筋縄《ひとすじなわ》ではいかねぇか」

中座はどこか楽しそうだ。

「やれるだろ、あいつらなら」

子を慈《いつく》しむ親の声で、中座は明言する。

世間から隔絶されたようにも見えるこの香が焚《た》かれた部屋の中からでも、彼は生徒たちの姿を見ている。

「……あいつはどうだい？」

潜められた名はすぐにわかった。

「変わらず」

「結構だ。他の生徒と同じように気にかけてやってくれ」

「はい」


校長室を退室して職員室に戻ると、ちょうどオニキスの担任、長山山門《ながやまやまと》と、ロードナイトの担任、丹頂《たんちよう》ミドリが二人話していた。

「ほう、ではオニキスの心に火が灯《とも》ったと？」

喜ばしいね～♪　と丹頂が歌う。

「ええ！　俺の心も熱く燃えてきました！」

感情をそのまま体に乗せて山門が踊る。

言語ではなくパッションで語る二人。江西は邪魔にならないように、気配を消してそっと自分の席に座る。

「録朗！　秋吏のところかい？」

しかし丹頂が目ざとく気がついた。

「ああ、はい。わかりますか」

「香るよ、沈香《じんこう》だ。父親の倫《おさむ》とは趣味が違うね！」

校長室で焚かれていたお香だろう。目ではなく鼻が利いたようだ。

「アンバーのことで、色々と」

「ああ、数弥が言っていた。私としてはアンバーの海を越えた舞台、見たいものだが……まずは『玉阪の日』だ！　録朗、どうやら開が進んだらしいぞ」

「開が？」

「熱い羽ばたきが起きているようだ。その風が別の誰かの羽根になり得るかもしれない」

丹頂の背中に背負う羽根が揺れる。

「これは心躍りますね……！　よし、俺も自らの足で空を舞い踊ろうじゃありませんか！」

「そうだ山門！　君は飛べる！」

この二人なら本当に飛べるかもしれない。もう飛んでいるのかもしれない。

そんなことを思いながら歌い踊る二人を見ていると、突然、職員室の扉が開いた。

「先生方、よろしいでしょうかッ！」

現れたのはロードナイトのジャックエース、御法川だ。

「どうした我らが薔薇《ばら》騎士!!」

丹頂が軽やかに右手を差しのばす。

「俺が高科先輩の隣で遜色《そんしょく》なく立てる手段をご教授いただきたいです！」

それは江西たち教師陣にとって刺激的な言葉だった。どれだけ大変なことかわかっているからだ。

「もうどんな手段でも良いんで！　なんでもやるんで！　俺の器の限り！　でも壊れない

範囲で！」

ここで全てを棒に振るつもりはない。その冷静さがかえって良い。

「わかったよ、基紘！」

真っ先に声を上げたのは丹頂だった。ロードナイトの担任。なにか糸口があるのだろう。

「録朗に任せよう！」

違った。

Uターンなんて生やさしいものではなく、Iターンの角度で話が江西に投げられる。

ただ、最も適しているだろう。今の御法川に必要なのは話をしっかり聞いてくれる大人だ。

「今、高科の隣に並んで、どう感じている？」

「俺の存在が邪魔です。一番彦のせいで、比女彦の華が翳《かげ》ります」

そんな現実を認識するなんて辛いだろうに、その苦しさを踏み越えてでも前に進もうとしている。だから江西はゆっくり対話する。

「具体的に、どういうとき、強く感じる？」

酷な質問だが御法川はこんなことでは折れないという信頼だ。

「セリフを言っているときに強く感じます。しゃべればしゃべるほど、舞台の温度が下がるんです。ただ、これに関しては……」

そこで御法川が言い淀んだ。

「素直に言って良い」

江西は先を促《うなが》す。

「……脚本を見たときから感じていました。一番彦は口が過ぎるのではないか、と」

丹頂が「なるほど」と背中の羽根を一本引き抜いて、自身の髪に挿《さ》した。まるで髪飾りだ。なぜ、今突然そういうことをしたのかわからない。ただ、丹頂はそういう人だと全員わかっているので疑問も感じない。

「録朗、確か『玉阪町』時代の比女彦は『玉阪志木年《しきとし》』だったね。彼の時代の一番彦は、実際比女彦に対して口うるさいところがあったと聞く。周囲から疎《うと》まれることもあったと」

御法川が「えっ！　じゃあ……」と考えてもいなかった可能性に気づく。

「温度が下がる方がリアルということさ‼　すごいじゃないか、基絃！　忠実に再現できているよ！」

「なるほど、そうだったんですね良かった……じゃなくて！　実際そうでも舞台の上じゃ、見てくれる人シラケちゃいますよ、絶対に！」

御法川の意見はもっともだ。根地はたまにこういうことをしでかすなと江西は思う。

「こんな空気になるくらいなら、しゃべらない方がマシだって、思うくらいなんですから！　……あっ!!」

　そこで御法川がハッと目を見開いた。見つけたようだ。

「しゃべんなきゃいいんだ!!」

　ここにロードナイト生がいたら「なに言ってんの!?」と彼をバカにしただろう。

　しかし、江西は思った。

　悪くない、と。

「根地に話してみるといい。舞台を良くするためならあいつはなんでもする。急なセリフ変更だってな。それに……お前ならその『芝居』ができるよ」

「……！　ありがとうございます！」

　御法川が丁寧に頭を下げる。

「では、失礼しました！」

　彼はそのまま職員室を飛び出していった。

「青春の足音が響き渡っている……玉阪組も大きく変わりそうですね、丹頂先生！」

「ああ！」

　きっと、上手くいく。

　頑張れよ、と江西は小さく呟いた。御法川に、そしてこの舞台に参加している生徒たちに。

「では慶《よろこ》びの歌を高らかに歌おうじゃないか！」

「俺はその歌に乗せて踊りましょう!!」

「録朗、さぁ、君も一緒に！」

ついでに自分にも、頑張れと言い聞かせた。


夜も更《ふ》けて、山から風が下りてくる。

ざわざわ、ざわざわ、ざわざわと。

「チッ」

その中に、悪態の舌打ち。

「くそ……、くそ……！」

ガン、ガンと道を蹴る。

「いつも思ってるんですけど」

問いかけながらも他人事。

「そうやって物に当たって、痛くないんですか？　もしかして、痛いのがお好きなんですか？」

にっこりと目が歪《いびつ》な弧を描く。

「んなわけねーだろ！　……クソがっ」

ギリと歯噛みするのはアンバーのジャンヌ、紙屋写《かみやうつり》。

「ああ、怖い、怖ぁい」

意識的か、無意識か、ウツリを平然と煽《あお》るのは同じくアンバーのジャンヌ、百無客人《ももなしかくと》。

ウツリが露骨にチッと舌を打って百無を睨む。

「……なんでだ。海外公演は成功したのに、誰もがアンバーを、宙為さんを賛辞したのに……どうして、宙為さんは……！」

アンバーの神様は全てを疎み、姿を隠してしまわれた。

「それだけ高みを目指しているということですよ」

「お前が宙為さんを語るなっ！」

ウツリが嚙みつきそうな勢いで詰め寄る。百無の瞳、真っ暗闇がウツリを覆う。

「紙屋くん、百無くん」

諫めるのは多くの年輪が刻まれたアンバーの担任、箍子数弥だった。彼は腕を後ろに組んだままこちらに歩み寄ってくる。

「ふんっ」

いったん休戦。なにせ欲しい情報がある。

「宙為さんは、なにか……？」

「特には」

捨てきれない希望を一瞬で踏み潰された。

「……くそ」

田中右宙為のために自身の血肉を捧げるように尽くしても、もらえるのは冷たい一瞥《いちべつ》だけ。

それでも、見てもらえるだけ幸せなのかもしれない。

「宙為さん……」

ぐっと拳を握るウツリを興味なさそうに百無が見ている。

「さて……」

箍子は数刻前のことを思い出した。

大伊達山に一人入ろうとする田中右との会話。

——『玉阪の日』?

箍子は「ええ」と答えた。そこで根地が見られるとも。

——下らない日だ。

でも、根地くんが出ますよ、と繰り返す。

三クラス合同で出るそうですともつけ加えた。それには興味がないだろう。

——……。

田中右はじっと黙り、そして、去って行った。

（案外、もしかしたら……）

箍子は口ひげをさする。

「とにかく、準備はしておいてください。田中右くんのために」

彼の名を出せば二人の顔も変わった。

山から風が下りてくる。

10

「いや〜、全く驚いた！」

ロードナイト二年、一ノ前衣音《いちのまえいおん》は、その場にいる全員に聞こえるよう「驚いた、ああ、驚いた！」と繰り返す。

「昨日、あの美ツ騎がロードナイトに歌の指導をしたというんだ！　天ぷらとチョコレートがひっくり返る事件だよ！　それにしてもなんという不覚……！　なにせこの一ノ前衣音、うっかり不参加なんだ！　僕がいたら、白田美ツ騎のサポートができたのに！　いや逆に？　白田美ツ騎が僕のサポートをしてくれたかもしれないのに！　もちろん参加できなかった理由はある！　大事な理由だ。君……おにぎりを知っているかい？　そう、お米のおにぎりだ！　実はね。このたび新しく、比女彦通りに『七輪《しちりん》おにぎり』なる店ができたんだ！　七輪の上で自らおにぎりを焼ける店だよ！　しかもね、おにぎりだけではなく、オカズのお魚や、デザートのお餅《もち》まで焼くことができるんだよ！　真夏に七輪であぶられて、僕も焼き白玉みたいになっちゃったけどね！　ああ～、ちょっと待ってくれ！　白玉の白と白田の白は一緒じゃないかぁッ!!」

「えーっ!!　御法川先輩、セリフ一個だけになってる～!!」

ロードナイトの稽古場。玉阪組の芝居を通し終えたところで稀が声を上げた。

セリフ数で言えばフミの次に多かった御法川が、劇中、たった一言しかしゃべらなくなっている。

「御法川くんからセリフ削除依頼を受けまして！　大胆にカットしてみましたよぉ！」

その結果を見るために今日は根地も玉阪側に参加していた。

「さてどうだい、君たちのジャックエースは！」

根地がロードナイト生に問う。

「超邪魔だったのに邪魔じゃなくなりました!!」

「ミノリン先輩らしからぬ渋さがあってぇ、ハマってるぅ！」

「……ん！」

好き勝手言われているが、総じて好評だ。それにセリフがなくなったからといって一番彦の存在が消えたわけではない。むしろ逆。比女彦の少し後ろ、寡黙《かもく》につき従う一番彦は華のある比女彦の相棒としてしっくりきていた。

「ん、いいと思うぜ、御法川」

「！　ありがとうございます！」

フミに褒められた御法川が礼を言ったあとぐっと拳を握った。そして、ロードナイト生を見る。

「いやそれにしても、歌もすごいな。一日でこんなに変わるか？」

御法川が言うように、白田の指導によってロードナイト生の歌声は一層良くなっていた。

「歌、クォーツ的な流れが入ってるんだよ。根地さんが作ってるから。それを歌い上げるコツを教えれば、あとは早かった」

「あ～、なるほど！　いやでも、白田、人に教える才能あるんじゃ」

「別に。今回はたまたま、僕が向いてただけ」

そう、適していただけ。

白田はチラリと司を見る。根地の曲を初見で一気に完成まで持っていき、稽古を重ねれば重ねるほどてっぺんを更新していく司の姿を。そんな司が歌だけに専念できるトレゾールではなく、アルジャンヌに転じた哀しさを。

トレゾールとして歌う姿を間近で見たからこそ、司が今背負っているアルジャンヌという役目に複雑な想いが芽生える。

適していたから。

今のロードナイトで、その役割を担うことに。

適していたから。

それが運命になったのか。

「……！」

視線に気づいたのか、司がにっこりと笑った。

司はクラス生を鼓舞《こぶ》し先頭を駆けるオニキスの海堂とは違う。どんなときでも優雅に、絢爛、でも時に燃えさかるような美しさを放つロードナイトの華。

その華は、自身の周りを飛び交う蝶を楽しげに眺めているようにも見える。

白田はトレゾールだからこそ、その才を惜しいと思ってしまうが、司はもしかしたらユニヴェールでの運命に対する悲壮感はなく、今できることをただ楽しんでいるだけなのかもしれない。

全て想像だ。結局、司のことはわからないのだから。

忍成司こそがロードナイトだということしか、わからない。

「じゃあ次はフミがみんなにダンス教えてあげてよ」

司がフミにねだるように言った。

「……ちょっと、止めてくださいよ、忍成先輩」

白田がさすがにそれを制する。

「だって、あとはダンスができればいいわけでしょ？　ねぇコクト」

「さようでございますよ薔薇姫！」

「ね、ね、だからお願いフミ！　美ツ騎だってやってくれたんだから！」

司がお祈りするように手を重ねる。

「まぁ、ボチボチ俺も働かねーとな。でも、歌とは違って時間かかるぞ。クラス内でもかなり個人差あるから」

フミがロードナイト生をぐるりと見回す。

「レベルに分けて稽古した方がいいかもなぁ。んで、その中に踊れる生徒をリーダーとして入れて……」

フミは御法川やエーコといった踊れる生徒の名前を挙げる。

「あとクロも」

「……なんですって？　聞いてないわ！」

「今言った。人手不足」

「酷い！　私はあなたの心の隙間を埋める都合の良い女でしかないのね……!?」

「あともうちょっと踊れるヤツがいたらいいんだけど……」

「やだもっとラリーして！」

フミがうーんと首をひねったそのときだった。

「邪魔するぞッ！」

勢いよく稽古場の扉を開け、入ってきた人がいる。

いや、人たち、だ。

「お疲れーッス！」

「……なんだ、コクトもいたのか」

海堂らオニキス勢と、クォーツのジャックたちだ。

「あらどうしたのよ」

司の言葉に、海堂が代表して前に出る。

「開の稽古は完了した！」

ロードナイトが一気にざわついた。

「えっ、もう終わったの!?」

「た、確かにぃ、先行ってはいたけどぉ！」

稀が戸惑い、ユキが慌てる。玉阪はようやくこれからというときだったのに。

「ちょっともう海堂！　そんなこと言ったらこっちの士気が下がるでしょ！」

司が正面切って海堂に不満をぶつける。

「こっちはやっとダンスを頑張ろうって盛り上がってきたところなの！　ほんっと空気が読めない男ね‼」

「そうか、だったらちょうど良かった！」

海堂がうん、と頷く。司が「はぁ⁉」とかんしゃくを起こす。

「……ツカサ、俺たちはダンスの手伝いに来たんだ」

ぶつかりやすい海堂と司の間に、カイが入った。

「それに、稽古が完了したというのは『自分たちだけでできることが終わった』だけだ。ここからは、玉阪側と合わせて調整していきたい。だから、ここに来た」

カイの誠実な説明にロードナイト生の気持ちがいったん落ち着く。御法川も「良かったじゃないですか！」と声を上げた。

「ちょうど人手が足りてなかったんですから！　教えてもらいましょうよ！」

御法川の言葉を受け、萱知がスッと前に出る。

「ああ、お前のダンスも見たんで、御法川。あと、白田」

「えっ」

「………」

教える側にいた御法川の立場が突如逆転する。そして少し前まで歌を教える側だった白田もその回転に巻き込まれた。ロードナイト生に比べればそれなりに踊れているので大丈夫だろうと油断していた。菅知は意外と白田に容赦ない。白田は現実逃避でスッと目を閉じた。

「えーっと、あ、世長！」

スズに呼ばれ、世長はそちらに駆けていく。なかなか人の輪に入れず特に集団になると一人で沈黙しがちな世長にとって、こういうときのスズの存在はいつもありがたかった。

「すごいね、開組。あんなに大変そうだったのに、しっかりできあがったんだ」

「急に『ドーン！』ときて、そのまま『おらぁ!!』って進んで、勢いよく『バーン！』ってなった」

「そ、そっか……？」

なにかをきっかけに、事が上手く転じたのだろうと想像する。

「世長はダンスどんな感じ？　あと他のクォーツ生たちも」

スズが散らばっていたクォーツ生たちも手招きする。

「踊れはするけど、開と並んでとなるとまだまだ厳しいよ。かなり歌に集中してたから……他のクォーツ生も似たような感じじゃないかな……」

「うわー、玉阪組の歌、すごそうだな……！　でもまずはダンスか！　鳳、みんなのダンス、手伝うぞ！」

「お前ごときが僕に指示を出すな！　お前にだけは絶対に言われたくない！」

スズに言われて、鳳が吠《ほ》える。

「鳳、すまないな。よろしく頼む」

「承知しました!!」

カイに言われて秒で意見を変える。

「織巻、鳳、俺たちも手伝う！」

「おっ、ありがとな、長山！」

「じゃあ僕はロードナイトのお花さんに……」

「ダンテ！　お前もこっちだ！」

「ああ～」

玉阪と開が混ざっていく。

「忍成、教えるよ」

「ええ～、加斎ぃ？　恩売られてるみたいでヤだ～！」

「早いところ歌の稽古に入りたいからスパルタでいくよ」

「やだぁああああァァァアアアアアッッ！！！」

クラスの垣根もなく、ユニヴェール生として交ざり合っていく。

「いや～、いいねぇ」

その光景を見ながら根地がうんうん、と頷き、背を向けた。

「おーっと。どこ行くんだ、クロ？」

そんな根地の肩に、フミの腕がガッと回る。

「あらやだフミさん！　これだけ心強い光景が広がっているんだから、僕はみんなに想いを託して……」

「オニキスが手伝ってくれんなら、もっと上目指せると思うんだよなぁ？」

「なに、やな予感。やめて、それ以上言わないで！」

そこにカイも加わる。

「コクト。たまにはみんなと汗水垂らして踊るといい」

「ちょっと、カイ！　フミと一緒になって僕をはさまないでくれる！　屈強！　屈強なんだよ君らは！　てゆーか町人はAもBもCもDも踊らないんですけどっ!?」

両隣の高身長はびくともしない。

「ああ、根地！　どうしたんだ、捕まった宇宙人みたいな格好をして！」

そこで海堂が駆け寄ってきた。

「助けて海堂！　このままじゃ月に返されちゃう！　月に強制送還されちゃう！」

「いや、ここでフミが納得するまで踊ってもらうだけだ」

「それが一番しんどい！」

根地が反抗的に座り込む。

「ところで根地！　舞台について質問いいか！」

海堂は意に介さず話を進めた。

「はいどうぞ」

根地がシャンと立ち上がる。

「御法川のセリフを大胆に削ったそうだな！　だったらその分、俺に新しいセリフをくれないか！」

「なにそのシステム」

そう言いながら眼鏡を持ち上げる根地の目は好奇心で輝いている。

「新田として、開の武士として、言いたいことがあるんだ！」

「ほぉ？　その心は？」

海堂は自分の胸を押さえる。

「多くの人々を仲間につけた玉阪側が名を勝ち取る……それは史実だが、別の見方もあるのではないかと思うようになった。今こうやってクラスが協力し合う姿を見てその気持ちは一層強くなっている！」

根地がメモ帳を取り出した。

「海堂。開の武士はなんて言いたがってる？」

「それは――」

「………」
ぺらり、と台本をめくる。じっと見つめて、ぺらり、ぺらり。
クォーツの稽古場に、希佐一人。
いつも賑やかなこの場所に、ページをめくる音だけが響く。
その音は少し開けた窓から吹き抜ける風に飛ばされてしまいそうなくらい軽い。
でも、ここに記された言葉の数々はどこまでも広くて深い。
じっと見つめ、目を閉じる。そして思い描く。
この言葉が生み出す世界を。
希佐は立ち上がった。
「……始まる」
舞台が。
『玉阪町』が、ここに。

――初めまして、ごきげんよう！
突然だけど、ちょっと良い？

あなたの町のお名前、なんですか？

へぇ、へぇ、なるほど、そいつはいい！

とっても素敵な名前じゃない！

もちろん、君がつけた名前だろ？

え、違う？　じゃあ誰が？

こんな素敵な君が住む町に、こんなに素敵な名前をつけたんだい――？


時は明治二十二年。

大伊達山を正面に広がる二つの町は大きく揺れていた。

「まったく、こんなことあり得ない！」

その町の一つ、開出身の起業家、初花は苛立ちを隠さない。彼の付き人たちも同意するように深く頷く。

「そもそも、こんな会合が開かれていること自体が屈辱だ！　即刻決議し、解散すべき！」

初花が木製の机を激しく叩くと、その隣にいた長身の男が諫める。

「わざわざ開まで来てくれるんだ……、そう、荒立てるな……」

場をとり持つように言うのはこちらも開出身の警官、ナラシバだ。いかにも屈強そうな体格を持っていながら人の顔色をうかがっている小心者。彼の部下も呆れてため息をついている。

だから初花はナラシバの言葉にとり合わない。

「そもそもなんだ、あいつらは！　約束の時間はもうすぐだぞ！　遅刻するつもりか！」

そこで上座に座っていた男が「初花」と呼んだ。それには初花もびくりと反応する。

「まだ時間ではない」

威風堂々とした佇まい。一目でただ者ではないとわかるその男は、開の武士筆頭であり、政治家でもある新田だった。

彼は余裕の表情で懐中時計を確認している。

「そうだそうだ。怒っても腹が減るだけだ」

ナラシバの弟分であるリンが呑気《のんき》にそんなことを言った。初花が「仕事持たずの足手まといが」と吐き捨てる。

開は本来武士の町。かつては藩主に仕えていたが、明治はそんな彼らの人生を無情にくるりとひっくり返した。大政奉還だ。

武士たちは主をなくし、職も消え、慣れない商売や農業、北の開墾《かいこん》に転じた者もいる。リンのように当てもなく暮らす人間も少なくなかった。

この足並み揃わぬ中で聞かされたのが、町の合併話だ。

相手は江戸に開の殿様が土地を与えた役者たち。

かつて与えた者に、奪われようとしている。

「……来たな」

新田が懐中時計をパチンと閉じる。緊張が走った。

「失礼致します」

「……！」

真っ先に入ってきた人物に全員息を呑む。

傾国の美女といった雰囲気漂うその人は、玉阪座の二番比女。その後ろから白磁《はくじ》の人形のような美しさを持つ三番比女。更に五番、六番、七番比女と続く。

初花の付き人が「ここは竜宮城《りゅうぐうじょう》か？」と思わずこぼした。あまりにも美しいのだ。

だが、既に圧倒されているというのに〝頂点〟が最後に姿を見せた。

「お待たせして申し訳ありません」

怖気《おぞけ》が走るほどの美しさ。

「玉阪を代表してやって参りました。玉阪比女彦と申します」

玉阪座の当代、女役である比女を演じる玉阪比女彦。

最愛の兄を亡くし打ちひしがれながらも舞台に立ち、玉阪座の内政を自らの手で大きく変え今までにない試みを次々と打って出す才人でもある。

比女彦の凄みはこの場を圧倒していた。

ただ一人、新田は悠然と組んだ指をほどくことなく、もっと言えば比女彦を見ることもなく笑みを浮かべている。

比女彦の側に着いていた男が新田の正面の椅子《いす》を引いた。こちらも眉目秀麗《びもくしゅうれい》。聞くところによると彦役の頂点で比女彦の相手役、一番彦らしい。

比女彦は彼が引いた椅子に腰掛ける。他の役者たちも席に着く。

そこでようやく会合の議長が姿を見せた。

「それでは始めます」

議長が淡々と開始の合図をする。

「議題は名を玉阪とするか、開とするか。双方で決めてください」

議長がそう言ったところで新田が机を蹴り飛ばした。

「……当然開だよ」

突如、音楽が流れだす。

そう、これは——ユニヴェール歌劇。

「わぁ……！」

玉阪市が所有する文化施設内、大ホール。客席にはいっぱいの玉阪市民。

照明が一気に舞台を照らした。袖《そで》で待機していた全生徒が登場し、玉阪と開に分かれて踊りだす。

「すごい……！」

ユニヴェール生のダンスに、『玉阪の日記念式典』参列者たちが歓声を上げる。

そう、ユニヴェールだ。クォーツ、オニキス、ロードナイトの囲いはない。

「すごい……ユニヴェールの歌劇……！」

観客は群舞の迫力に息を飲む。

「町の名は開！」

「町の名は玉阪！」

玉阪と開は激しく主張を繰り返す。いつまでも止まらない、いつまでも終わらない。もしかすると、永遠に？

カーン、と突如、無情な鐘《かね》の音が響いた。

激しく踊っていた玉阪と開がピタリと止まる。

そこに一言。

「着席してください」

双方の様子を極めて無関心に見ていた議長が促す。玉阪と開は一斉に着席した。その滑《こっ》稽《けい》さに観客たちがどっと笑う。

「決まらなかったので、今日はお終《しま》い、また次回」

つれない議長がそう言い放ち、さっさと退席する。残された玉阪と開の人々はお互い睨み合って、そして真逆の方向に出て行った。

観客たちは拍手でそれを見送った。


「ダンス……すごく良かったです!!」

舞台袖、希佐は感情を抑えられなかった。

双方の主張が激しくぶつかるダンスが、玉阪と開の歴史と譲れぬ想いを鮮烈に灼《や》きつけていったから。希佐にも、そしてなによりこの場に訪れた『玉阪の日』参列者にも、強く、強く。彼らはもう、この歌劇に引き込まれている。

海堂がフッと笑った。

「当然だ!　なにせ俺たちは、あのユニヴェール歌劇学校の生徒だからな!」

海堂の言葉はどこまでも高く誇らしげだった。

「あー良かったぁ……!!」

一方、稀たちロードナイト勢はダンスが終わってホッと胸をなで下ろす。

「忍成」

「げっ、加斎!」

「ロードナイトすごく良かったよ」

「え」

加斎がさらりと褒めて、サッと通り過ぎていった。

「……え、なに⁉　今のなに⁉　今、加斎が褒めた⁉」

「……ん」

戸惑う稀にエーコが加斎の背中を見ながら頷く。ユキが「やばぁい‼」と騒いだ。

「やだもうぉ、加斎ってばぁ～！　絶対モテるぅ～！　ミノリン先輩の百倍モテるぅ～！　マジマジで罪～！」

飛び火に御法川が「おい！」とつっこむ。

「カイ、開組はちょっと暴走してるくらいがよろしそうだから、その辺頼むよ！　鳳くんもね！」

舞台の、劇場の温度をその肌で正確に測った根地が鋭く指示を出す。

「ああ」

「はい！」

任せろ、任せてくださいと言うようにカイと鳳が頷く。

「……スー」

口を大きく開閉し、顔をほぐしていたスズにフミがスッと近づいた。

「どうよ、俺らの玉阪の日、祝いっぷりは」

スズはよくほぐした顔でニッと笑う。

「最高ッスね！」

舞台はまだ続く。


「あああああああああ〰〰〰〰〰〰〰〰！」

舞台の真ん中、クルクル木の葉のように舞うのは町人、根地だ。Aかもしれないし、Bかもしれないし、Cの可能性もDの可能性もある。

「こんなに性格の違う二つの町が一つになるなんて、そもそも無理な話じゃないかしら！」

頬に手を置き、困り顔。四十かそこらの女性だろうか。

「……でも国がそう言ってるんだ。開にするしかないだろう」

急に声が低くなった。口調も威圧的な彼は開の武士かもしれない。

「なにをおっしゃる！　開の町は、殿様がいなくなってから活気を失い、寂れる一方じゃないですか！　かつては武士と呼ばれた人たちも今では職を失い、まるで野良猫、そして野良犬！　そんな街の名前はつけられません！」

若い女性の訴えに、男が「ええい、うるさい！」と睨みを利かせる。しかし、女性は負けない。

「そうやって脅《おど》せば言うことを聞くと思っているなら大間違いよ！　今は明治、これから玉阪という名前と一緒にこの町は広く大きくなっていくんだから！」

「……ほんっと器用だな、根地さんは」

袖で白田がぼやく。

一人で町人ＡＢＣＤ。ときにはＥ、Ｆと時勢を語る人々を演じている。すごすぎて呆れてしまう。

「観客の皆さんも楽しそうですね」

白田の隣で同じように舞台の上の根地を見ながら世長が言う。一人で何役も演じている姿は物珍しいいし、面白い。ここで息が抜けるから、また物語に集中できる。

「……根地さんがいなくなったら、どうなっちゃうんだか」

「え？」

「いや、別に」

脚本演出、ジャックにジャンヌ、そして組長。クラスにおいて根地が受け持つ役割はあまりに大きい。言ってしまえばフミだって、ただアルジャンヌだけをやっているわけではないし、カイだってそう。それが、白田の心を重くする。

今回、他クラスとの稽古で、他クラスの同期たちがどうやって先輩や後輩たちに関わっているのかリアルに感じることができた。自分は遅れているのだと見せつけられた。そんなこと、経験しなくたってわかっていたのに。実際目《ま》の当《あ》たりにするとあまりにも大きい。

「おい、着物の襟《えり》、崩しすぎ！　もっとキレイに合わせろ！　あと帯もアレンジしすぎだ！」

御法川がロードナイト生に声をかけている。過保護にも見えるが、御法川は常にクラス生を意識して動いている。

菅知だってそうだ。他クラスの白田に当たり前のようにダンスの指導をつけたのはクラスでの積み重ねがあるからこそ。

なにか行動すれば他人はもちろん、自分さえ「珍しい」と思う白田とは違うのだ。

「よくあそこまで後輩の面倒見られるな」

御法川の姿を見ながらぽつりと呟く。

「本当にすごいですよね」

世長も静かに同意した。

「でも、白田先輩も、77期生の先輩の中で、一番僕たちの指導をしてくださってますよね」

「……え？」

言われた言葉の意味が本当にわからなかった。世長も「えっ」と戸惑い「あの、その……」と自分が発した言葉の不備を模索する。しかし結局その言葉以上のものは見つからなかったのだろう。

「二年の先輩の中で、白田先輩が一番、僕たち一年の面倒を見てくださっていると思います。歌はもちろん、なんというか、クォーツ生としてのあり方とか……」

「……」

どんな人間に対しても適度な距離感でそっと寄り添える希佐や、誰に対してもゼロ距離で真正面にいるスズではなく、世長にそんなことを言われるなんて。

「そうは、思わないけど」

なんとなく否定してしまったのはまだ受けとめる勇気がないからか。

でも、この言葉は忘れないような気がする。

「……世長、お前はもうちょっと着物の襟を緩めた方がいいぞ。窮屈に見える」

「えっ、あ、はい！」


ぽーん。

桜色の鞠《まり》が投げ出されて跳ねた。

ぽーん、ぽーん、ころころ。

「……やめて！　返して！」

町の少女が鞠を追いかけ、抱きしめる。

「どうしてこんなことをするの……。え、玉阪の人間だから……？」

舞台はパッと暗くなった。

今度は「なぜなんです！」と声が響いて明かりがつく。

そこに、困窮《こんきゅう》した男の姿。

「金は貸せない……!?　俺が、開の人間だから……？」

また、明かりが消える。

次は玉阪、次は開、また玉阪、そして開。

町の命名騒動をきっかけに関係が急激に悪化していく玉阪と開。

町は黒く濁っていく。


「……比女彦、用心しなさい」

玉阪座。二番比女が忠告する。

「開の武士どもがお前の命を狙ってる」

「ハッ。熱狂的なご贔屓《ひいき》ができてしまったな」

「比女彦さん」

軽口をきく比女彦を、三番比女が咎《とが》める。

「そうですよ、兄さんになにかあったら私たち、嫌だわ」

五番比女がそう言って、同意するように他の役者たちもうんと頷く。

「お一人の命ではありませんよ、兄さま」

七番比女の言葉に「それはもう、今回に限らずずっとそうだろう?」と比女彦が笑う。

「大丈夫、肝に銘じておくよ。さ、今日はこれで終いだ」

役者たちは全員不安そうだが、比女彦が立ち上がればみんな仕方なく立ち上がる。

「……ん?」

そこに、雷鳴が響いた。

「……こいつは雨が降るな」


ざぁざぁざぁ。

雷鳴からほどなく雨は勢いよく降り始める。

「このままでは名を玉阪にとられる!」

新田の邸宅で初花が叫んだ。

「何百年も続いてきたこの開の名が……! 命を懸け、守り繋げてきた開の町が、俺たちの代で……！　あんな役者どもに土地なんか与えるべきじゃなかったんだっ！」

「……初花。それは開公の判断だ」

新田がそれを言ってはダメだと鋭く注意する。

「ですが！　それこそ、このまま名を奪われれば開公に申し訳が立たない！」

どん、と机を打つ初花の目はギラついていた。

「もし、開の名が玉阪の下に着くくらいなら……玉阪比女彦の命、奪ってやる！」

それにはナラシバが慌てた。

「おい、やめろ！　俺は警官だぞ。聞かなかったことにしてやる、だからもう二度と言うな。ただでさえ治安が悪くなって大変なんだ、この命名騒動のせいで」

「だからなんだ、この腰抜けが！　ああ、そうだ、今すぐにでも比女彦を殺してやる……。開の殿のご恩に報いず裏切る仇者《あだもの》をな！　そうすれば、あいつと一緒に玉阪の名もなくなるだろう……!!」

「やめろ、やめてくれ初花！　おいお前たち、初花を休ませてやれ！」

尋常ではない雰囲気に初花の付き人が彼の体を支え退室していった。ナラシバがはーっと息を吐く。もうこんな話は終わりにしたいと言うように。

「初花の言いたいことはわかる」

だが、終わるはずがないのだ。

「おい、新田！　やめろ、お前まで。滅多《めった》なことは言うな」

「恐ろしきは玉阪比女彦だ。あいつなら政界に行ったとしても確実にのし上がれただろう。恐ろしいほど頭が切れる。それに人たらしだ。完全に世論を味方につけた」

いつだって強気だった新田が両手で顔を覆う。

「開公に面目《めんぼく》が立たない」

「新田……」

「……このまま名を奪われるというのか」

「新田……お前は充分やったよ、だから、少し休んでくれ」

「……いや、だめだ！　比女彦に会ってくる」

新田が席から立ち上がる。

「開の政治家が自ら比女彦を訪ねるというのか……！　お前がそんなことをする必要などない、もういい、時代が悪かったんだ、時代が……！」

「俺は諦めない！　開のためならなんでもする……なんでもだ！」

今にも邸を飛び出しそうな新田をナラシバが止める。

「新田、落ち着け新田。奥方、新田を奥の部屋に！」

新田の妻が即座に姿を見せ、そっと彼の背に手に添えて奥へと消えていく。

これ以上、話し合いなんかできるはずがない。

「……大変なことになったね、ナラシバさん」

雨の中。傘をさして開のぬかるむ道を歩く。後ろには弟分のリン。

「……殺されてしまうかもしれないね、比女彦は」

ぽつりとリンが言った。

「馬鹿なことを言うな」

「でも、町の名は玉阪になる。これは間違いないだろ？」

「……」

リンが傘をくるりと回す。

「今殺されなくても、いずれ死ぬ。名前を奪われてしまった開の人間の誰かに。血に濡れた町になるよ、『玉阪町』は」

雨脚《あまあし》は弱まることもない。

「それにしても参ったもんだね、開の連中は。目がぎらついてやがる」

比女彦は傘を肩に自身の邸宅へと向かう。少し後ろに一番彦。

「この辺で開のヤツらを見かけたら報告するようにと方々に言ってはいるが」

玉阪座には不審な人物が近づけないように見張りもつけている。七番比女も言っていた、自分一人の命ではないのだ。

「名を生み繋げるというのは大変なことよ」

それは玉阪比女彦という歴史を通して知っている。嫌というほど。

そこで、パシャ、と水の音が聞こえた。

降る雨の音ではない。

踏まれ上がった水の音だ。

「……ん？　……!!　あんた……」

雨の中、男が一人、傘も差さずに立っている。

――ナラシバだった。

「………」

警官の制服、腰には――軍刀《ぐんとう》。

「警官は便利だ。不審じゃない」

ばしゃ、と水たまりを踏む。

「町の人は比女彦さんを守ってくださいねと話しかけてくるし、見張りも見回りですと言えば容易《たやす》く通してくれた」

雨でぬかるんだ土にぐちゃりとブーツの足跡がつく。

「お前さん……」

雨に濡れ、張りついた髪の隙間からギラついた目が比女彦を見る。

「町は玉阪となるでしょう。あなたがいようが、いまいが関係なく。だったらせめて……」

雷鳴が響いた。

「誰かがお前を殺《あや》める前に、俺がお前を殺してやるッッッ!!」

ナラシバが軍刀を抜いた。その切《き》っ先《さき》はナラシバの目のように異様に輝いていた。

そこで、今までずっと背後に控えていた一番彦が傘を閉じ、前に出る。

比女彦を守るように。

「おい!」

こちらは丸腰。敵《かな》うはずがない。

しかし一番彦はこの場面にそぐわないほど優雅にゆったりと比女彦を振り返った。

「……稽古の時間だ。お行きなさい」

彼は小さく微笑んで、比女彦の体をトン、と押す。

優しく、穏やかなのに、どこまでも強い。

「だめだ……っ!」

比女彦は必死で彼の袖を摑もうとした。

そんな一番彦の後ろ。

ナラシバが土を蹴り、一気に迫ってくる——

「これが……武士の誇りだッッ！！！」

そして血が舞った。

「……!!」

流れた血は比女彦のものではなかった。

「……!? リン!!」

開の武士、リン。

ナラシバが駆けるよりも速くリンが駆け、振り上げられた軍刀の前に飛び出したのだ。

「……ってぇ……！」

「リン、どうして！」

リンの右腕から血が流れる。

「医者呼んでこい！」

叫んだのは比女彦だった。ナラシバが驚いて比女彦を見る。

「早く！ すぐに！」

比女彦は一番彦に向かって叫んでいた。

「おい、兄さん、大丈夫かい！」

比女彦は自分の着物を脱いでリンの腕の止血をする。

「なぜ……」

呆然とするナラシバを比女彦は「『なぜ』じゃねぇよ！」と怒鳴りつけた。

「人は死んだら戻らねぇ！　屋敷に運ぶ、お前さんが背負うんだ、早くしろ！　この兄さんを助けたくねぇのか！」

リンは腕を押さえ呻いている。

ナラシバは呼吸を殺すようにぐっと唇を引き結んでから「……リン！」と。彼を背負って先導する比女彦のあとに続いて走りだした。


「ナラシバ、リン！」

それから数刻。比女彦からの連絡を受けた新田が比女彦の邸に駆け込む。

「新田……すまない……すまない……」

ナラシバががくりと肩を落とした。

「リンは……!?」

「寝てるよ」

「……！」

ナラシバの代わりに答えた比女彦に新田はハッと彼を見る。

「医者に診せて、傷は縫合《ほうごう》してもらった。ちっと熱は出てるけど……強いもんだよ」

「そう、か……」

比女彦に案内され、新田は眠るリンの前に座る。人の気配に気づいたのかリンが呻いて目を開き、新田を見上げた。

「ああ、新田さん……。すみません、こんな時間に」

「いや、いい。……どうしてこんなことに?」

リンがヘッと鼻で笑う。

「ああ見えて、ナラシバさんの開への想いは人一倍強い。開の仲間が苦しむ姿を見て、玉阪への憎しみが堪えられなくなったのさ」

新田がぐっと拳を握った。気づけず、追い詰めた自身のふがいなさ。

自分がやれば良かった。

そんなことさえ思ってしまう。目の前に、ヤツはいる。

ただもうひとつ、聞かなければいけないことがある。

「……リン、お前はどうして」

——比女彦を助けた?

新田は暗に尋ねた。

「そりゃあ……」

リンが目を閉じる。

「開への想いが強いからですよ」

「なに？」

ナラシバの説明と同じ理由じゃないか。

「だってこんなことで開の名を残してどうするんですか。十年先も百年先も、この町の名が生きる限り、血に濡れた開の名が残ってしまうんですよ」

「！」

「ナラシバさんは俺にとっちゃいい兄貴分だ。開の仲間だってそう。だから十年先の、百年先の、顔も知らないどうでもいい誰かにバカにされたくなかったのさ。だから斬《き》られたんだ。そうすりゃみんな、目を覚ますだろうって。いつもバカにされてるけど、俺の命はみんなにとって軽くはないってわかってるからさ」

「リン……」

「それにさ」

リンがへらっと笑う。

「俺ぁ玉阪の舞台が好きなんだ」

新田も、そして顔を伏せて黙って聞いていた比女彦もハッとリンを見る。

「昔、みんなで見に行ったじゃないですか。玉阪の舞台。新田さんのおごりでさ。ああ、楽しかったなぁ、あの舞台」

リンが目を開き、新田を見る。

「また行きましょうよ。新田さんのおごりでさ。開の仲間、全員で。きっと楽しいさ、あのときと一緒でさ」

そう言って、リンはまた眠りに就《つ》いた。

「……」

「……新田さんよ。今回の件、私は人に言うつもりはない。そいつに命を助けてもらったからね」

「……」

「あとはまぁ……」

比女彦はリンを、そしてナラシバを見る。

「また見に来てくれよ私らの舞台」

「……！」

「大丈夫、今度は私がおごってやるよ。特等席だ。みんなで一緒に見に来ておくれ。絶対にお前さんたちを楽しませるよ」

それを聞いて、なぜかナラシバがうっと背を丸め、泣きだした。

「うっ……く……う、う……」

仲間たちと共に玉阪座で見た舞台を思い出したのだろうか。

新田が「そうだな」と小さく頷いた。

数日をおいて、新田はリンを引きとり開の町に連れ帰った。

そこには開の仲間が集まり、みな、沈痛な表情を浮かべている。

彼らには全て話した。

「俺が……俺があんなことを言ったから……」

「違うんだ、初花……！　俺のせいだ……！」

初花の言葉をナラシバが強く否定する。新田は着物の袖に手を入れ、じっと黙り込んでいる。

「もうやめてくれよ。俺は生きてるし比女彦も黙っててくれるんだ。もういいじゃないか」

「良くない！　良くないんだよ、良くないんだ……」

初花がリンの動かない右腕を見る。

「みんな」

そこで新田が立ち上がった。

「玉阪座の舞台を見に行った日のこと、覚えているか？」

すぐに返事は返ってこなかった。しかし、初花が「覚えていますよ」と絞り出す。

「新田さんのおごりで見に行った」

「そうだ。だから忘れてもらっちゃ困る」

「でも、あんな舞台……」

「初花。正直に言ってくれないか」

新田が初花の言葉を阻《はば》む。いや――『嘘』を阻んだ。

初花は額に手を置き、堅く目を閉じる。

「……楽しかったですよ、日頃の鬱憤《うっぷん》なんか全部吹き飛んじまうくらい。武士の憂いを忘れちまうくらい」

「みんなは？」

その場にいた者たちは、みな、やはりためらいはしたが、初花と同じように「楽しかった」と答えた。

新田はその言葉を聞き、また椅子に座り直す。

「みんなに話したいことがある」

その真剣な面持《おもも》ちに、全員の背筋が伸びた。

「俺は……」

空は一転、青空だ。

「比女彦さん本当に行くのですか」

三番比女が伏し目がちに問うてくる。

「ああ、行くさ」

「絶対に危ないよ、兄さん」

「兄さま、開は信用なりません」

例の件は秘密にしていても、起きてしまったことは自然と感じとられてしまうものだ。

「本当に言っても聞かない男だね、お前は。いつか痛い目を見るよ」

二番比女は冷たく言いながらも比女彦の側から離れない。

一番彦もだ。

「さて、今日はどうなるか」

比女彦たちは多嘉良川にかかる橋を渡り、会合の場に入る。

「……」

今日は珍しく早めに来たのだが、開の代表者たちは既に集まっていた。

ただ、いつも荒ぶっていた開の代表者たちが今、風のない湖畔《こはん》のように静かだ。

その空気の異質さに五番比女や六番比女が思わず身を引く。

「待たせて悪かったね」

だが、比女彦はいつも通り自分の席に着く。他の役者たちも怖々《こわごわ》と腰を下ろした。

そこで議長が現れ、真ん中に座る。

「それでは始めます」

いつもいつでもこの合図。

「町の名を、玉阪とするか、開とするか」

いつもは開側があれこれ意見を言ってくるのだが、今日はすっと新田だけが手を挙げた。

議長は静かに新田を見る。

「……新田さん」

「はい」

新田が立ち上がる。そして、言った。

「町の名は……『玉阪』です」

比女彦たちが驚き彼を見上げる。

逆に開の者たちは新田の言葉を噛むように俯いた。

議長だけが変わらず、正面を向いている。

「……新田さん、それはいけねぇよ」

比女彦は思わず制止した。ナラシバの罪を償うための代償にして欲しくないからだ。

「先日、うちのナラシバが多大なるご迷惑をおかけした。彼は比女彦の命を狙おうとした」

しかし新田が自らそれを玉阪側に暴露する。

役者たちは察してはいたのだろうが、実際に開側の口から聞きいきり立った。

「貴様、よくも……！」

敵意を燃やす三番比女を比女彦は制す。

「……本当に、申し訳ありませんでした！」

そこでナラシバが立ち上がり、深く頭を下げた。プライドの高い開の人間が頭を下げたことに役者たちは固まる。

新田は更に事の詳細を役者たちに語る。リンの話を聞けば、役者たちの口も自然と閉じていた。

「謝罪の意味を込めて、名を譲るのかい」

話が終わったところで比女彦は新田に問う。

「まさか、違う」

新田ははっきり否定した。比女彦は「だったらなぜ」と更に問う。

「ここにいる仲間たちと玉阪座の舞台を見に行ったことがある」

唐突な思い出語り。しかも敵対していた玉阪座の。

全員がそれに耳を傾ける。

議長も。

――希佐も。


（ここはもう……新しく書き加えられたセリフ……）

本当は、それこそもっとあっさりと町の名前は『玉阪』に決まっていた。

しかし海堂が開の武士として言いたいことがあると進言し、その言葉を踏まえてフミやカイ、そして司が意見を出し合って、全部抱きしめるように根地が言葉を織り上げた。

だから希佐は耳を傾ける。議長として。

誰とも交わらず、でも、最前席に座る者として。

「舞台を見ている間、ずっと楽しかった。舞台を見終わったあとも、楽しかった。月日が経っても振り返り、また行きたいなと語り合った。そうなんだ、あの日の舞台を想うたび、俺たちの心に明かりが灯る」

新田が自分の胸を押さえる。

「今回リンがナラシバを止め、比女彦を庇《かば》ったのも、その想いがあったからだ。俺は思った。初代玉阪比女彦に土地を与えた開の殿も、同じような思いがあったのではないかと。比女彦の舞台に胸の明かりが灯り、消えることなく照らし続けていたのではないかと」

「！」

玉阪の役者たちが目を見開く。

「無論、他にも様々な意図があっただろう。そもそもこの論が間違っている可能性もある。俺ごときに開の殿のお気持ちを察せられるはずがないのだから。だが、やはり思うのだ。わざわざ宿場町近くに土地をやり、支援し、自由を与え続けたのは、ご自身の胸に消えぬ明かりが灯っていたからではないかと。そしてその明かりを、他の誰かに、多くの人に与えたかったからではないかと。心豊かな開の殿が、喜びを分かち合いたくて」

役者たちはいつのまにか俯いていた。スン、と鼻を鳴らす者もいた。

新田の言葉に熱がこもっていく。

「なにより、俺が思ったのだ。激しく変わる時世、不安定な世の中で、玉阪の舞台は人の心を明るく支える。そしてその明かりが、俺たちの仲間に、俺たちの子に、孫に、もっと先、俺たちの血を引き継ぐ子孫たちに灯ればいいと。刀も血も哀しみの涙もなく、舞台を楽しめる世の中であって欲しいと」

比女彦が思わず「新田さん……」と名前を呼ぶ。

「そのために、我々開は陰から支えよう。舞台の町、『玉阪町』の一員として」

新田の言葉に呼応して、初花が「同じく」と立ち上がった。ナラシバが、リンが「同じく」と立ち上がる。その場にいた開の代表たちが全員立ち上がり、「同じく」と。

「……新田さん」

比女彦が立ち上がる。役者たちも全員立ち上がった。それは、比女彦と同じ気持ちだということ。

比女彦がスッと手を伸ばす。

新田がその手をじっと見つめ、手を伸ばす。

二人は手を、堅く握り合った。

——ああ。この瞬間を、待っていた。

「……町の名は」

議長がカンと鐘を打つ。

「満場一致で『玉阪町』！」

その瞬間、議長の声が初めて高揚した。

（ああ、そうだ）

——希佐は思った。

（きっとこの感情だ）

そして、思いがけないことが起きた。

「良かった……！」

観客席から、聞こえたのだ。

「良かった……良かった……おめでとう……!!」

町の誕生を喜び、祝福する声が。

高まる感情を抑えきれず、打ち鳴らされる拍手の音が。

それはどんどん大きく膨《ふく》れ上《あ》がっていく。

(ああ、そうか)

希佐は理解した。

——透明。

どちらの色にも染まらず、常に公正だった議長。その議長が下した判断をみんな信じた。議長が認めた答えなのだから、そこに間違いはないのだと。玉阪と開が導き出した答えはなにものにも代えがたいほど素晴らしいものなのだと。この町は、全ての人に祝福された名前なのだと、みんな素直に、真っ直ぐ、喜んでいるのだ。

愛する玉阪の町。

(良かった)

この一瞬のために希佐は議長を演じていた。

(良かった……)

そして、役目を果たした。

希佐は未練なく立ち上がり、一人退席していく。

「では、町の名を祝して歌おうじゃないか!」

背中で彼らの声を聞きながら。

（……あ）

客席に、モナとアキカの姿を見つけた。モナは顔をくしゃくしゃにして泣いていた。嬉しそうで嬉しそうで幸せそうで。

（良かった……）

かつて玉阪と開が思い描いた遠い未来。

それが今、ここにある。

誕生日、おめでとう。


「……どうでしたか、田中右くん」

美しい近代的な建築物。記念式典が行われている大ホールを田中右宙為はあとにする。

目尻のしわを深くして微笑む箍子の問いかけに田中右は答えず通り過ぎた。

やれやれ、と言葉には出さず、息をつく。

「……凱旋公演、やります」

急に、田中右が言った。

「……やらないと言っていた凱旋公演を、ですか？」

箍子は驚きを胸に納めたまま、しっかり確認する。

「見せてもらいましたので」

田中右は振り返らない。

「俺も見せましょう」

そうして彼は去って行った。篩子はふふ、と微笑む。

「紙屋くんと百無くんに連絡しなくては」


夕暮れの山に、秋の匂い。

「……キュイ?」

草を踏む足音に耳を立て、白イタチが顔を上げた。

「キュイ!　キュイキュイキュイ!」

駆けた先に、一人の少女。

「ああ、オナカ!　元気だった?」

「キュイ!」

希佐はしゃがんで、オナカと目を合わせる。

「今日はね、『玉阪の日』だったんだ。玉阪の誕生日を祝ったんだよ」

「キュイ~?」

「みんなで舞台に立ったんだ。すごく……すごくよかった」

「キュイ~!　キュイキュイ!」

「ふふ」

はしゃぐオナカに希佐は微笑む。

「オナカにも、見せてあげたいなぁ……あ」

ふと見上げた先、夕日に照らされ赤く色づく木があった。

「もみじだ」

まだ青いはずのもみじが、茜に染まっている。

「……」

希佐はもみじ越しに、町を見た。

近くはユニヴェール、玉阪座、比女彦通り、そして遠く開の町々まで。

「……誕生日、おめでとう」

もう何年も続く町。でも、希佐にとっては今年が初めて祝う誕生日。

「おめでとう」

そして希佐は祈るのだ。

来年も、そして再来年も。今と変わらずこの場所で、仲間たちと一緒に誕生日を祝えるようにと。

「おめでとう……おめでとう」

希佐は静かに目を閉じる。

遠い未来を思い浮かべて。
——ありがとう。
どこからか遠く、そんな声が聞こえたような気がした。

答えは歩いた先にある

1

「つまりこれは、海堂岳信《かいどうだけしん》からの挑戦状ということだ！」

〝ソレ〟を掲《かか》げ高らかに宣言した海堂の声が、格式高いホテルロビーを、静寂に佇《たたず》んでいた観葉植物たちを、そして希佐《きさ》、スズ、世長《よなが》の三人を大きく震わせた。

「さぁ！」

海堂が〝ソレ〟を差し出してくる。

そこには『ハッピーサマークイズラリー』と記《しる》されていた。

玉阪《たまさか》の日記念式典後、ユニヴェール生の舞台準備及び待機場所として特別に解放されていたホテル、『グランヴェスト・ヒラキ』に戻ったときのことである。

このホテルは玉阪市を代表する格式高いコンベンションホテルで、結婚式場や会議場だけではなくスポーツ施設や多彩なアクティビティを備えており、国内外問わず高い人気を誇っていた。

それが夏合宿で利用させてもらったリゾートホテル『ヴィルチッタ絢浜《あやはま》』同様、海堂グループ経営ホテルだというのだから驚かされる。

海堂の計《はか》らいで舞台を終えたユニヴェール生たちの前に豪華な食事が並び、クラスの垣根を越えた打ち上げが行われたのが少し前。

「ホテル施設は自由に使ってくれてかまわない！　記念式典のために駆け抜けた日々を大いに癒《い》やしていってくれ！」

海堂の言葉に真っ先に反応したのはロードナイト生。

「ねぇねぇ、ここの花庭園って、すっごく綺麗《きれい》らしいじゃん！　庭園ランキング上位に入るとか！」

「だったらそこで写真撮ればぁ、盛り盛りに可愛い私たちが誕生するってコト～!?」

「……ん」

目を輝かせる稀《まれ》にユキとエーコも賛同して、三人は大広間を飛び出すように出て行った。

「ここってフットサルやバスケのコートあったよね？」

「プールもありますヨ、僕はそちらに……」

「ダンテ、お前にはランニングコースだ！」

加斎《かさい》、ダンテ、登一《といち》らオニキス生も、食後の運動とばかりに足どり軽く大広間を出て行った。

「……はぁ、元気だな」

それを見ながら白田《しろた》が息を吐く。

「やだもう白田くん、そんなしおしおのリボンみたいなこと言って！　僕らも一本走っとく？」

「フミさん、カイさーん。根地《ねじ》さんがどーしても！　走りたいそうです」

「ちょっと美ツ騎《みつき》くーん！　お父さんお母さんにチクらないでくれる〜!?」

白田をからかうべく絡んだ根地が思わぬ反撃に遭《あ》った。フミが「じゃあ、走りたくなくなるまで走るか」と涼やかに微笑むので、根地が頭上で両手をクロスさせ「既にそうです！」と大きな×印を作る。

「走るのか、コクト？」と天井に施《ほどこ》されたレリーフを眺めていたカイがワンテンポ遅れて聞いてきた。根地が「カイさん、その時代はもう終わったんですよ！」と間違いを正すように訴えかける。それを白田がうんざり見つめる。

「……で、ミツは？」

「えっ、走りませんよ？」

「だろうよ。打ち上げも終わったし、ユニヴェール戻るか？」

意味を取り違えたことに白田が「あっ」と気まずそうに声を上げる。

「そう、ですね……」

続く言葉は歯切れが悪い。それを珍しく思ったフミの眉《まゆ》がわずかに持ち上がった。

「カイはどうするよ」

フミは白田に逃げ場を作るようにカイへと視線を移す。

「……少し散策してみる」

「そっか。じゃ、俺はカフェにでも行くかな。クロ行くぞ」

会話が流れるのを待っていた根地が「あらっ、デートのお誘い？」と顔を上げる。

「いや、大広間出たら解散な」

「短い道中楽しみましょう！」

歩きだしたフミを根地がステップを踏むように追う。そんな二人の後ろにカイも続いた。

「……」

三人が大広間を出て行ったあと、白田が少し悩むような仕草を見せる。そこから数秒。

彼は気《け》だるげに息を吐いて、伏し目がちに大広間を出て行った。

「ホテルを自由に使って良いとか、なんかすげーな！」

皿にのっていた料理を綺麗に平らげてスズが言う。

「スケールが違うよね。僕たちはどうする？」

大広間から出て行く生徒を見送りながら、世長が聞いてきた。

「うーん、そうだね……」

だから希佐は世長、スズと顔を見合わせる。

未だ舞台の余韻が残り、まだどこか夢うつつ。しかしまだこの夢の中に浸《ひた》っていたい気持ちもある。

「ん？　ハハハ、まだ『玉阪町』にいるのか、お前たち！」

そこに海堂の声が飛んできた。

「あっ、海堂先輩……。はい、なんだかまだ上手《うま》く切り替えられなくて」

「それなら良いものがある！」

良いもの？　と首をかしげる三人に海堂は「ついてこい！」と言って返事も待たず歩きだす。

「と、とりあえず行くか！」

見失いそうな速度にスズが慌《あわ》てる。希佐と世長も頷き海堂のあとを追った。

「どうだった、舞台は」

大広間を出て廊下を進みながら、海堂が今日の感想を聞いてくる。

「舞台を観てくれた人がスゲー喜んでくれてて、スッゲー良かったです！」

クラスのプライドを懸け火花散るユニヴェール生たちに、自分たちが舞台に立つ意義を問うたスズ。彼の玉阪を祝いたいという気持ちは揺らぐことなく貫かれた。

「しかもこんな良いところで新田《にった》さんにメシおごってもらってさぁ」

「はははは！　全くお前はそつがない」

スズの声がカラッと明るく弾《はず》み、それとは対照的に海堂の声には重厚感が増した。今日彼らが演じたリンと新田そのものだ。

「世長はどうだった」

「えっ、あ……。こういう、歴史を扱う舞台は初めてだったので、とても刺激になりました」

自分に話が振られるとは思っていなかったのだろう。世長が驚きながらも言葉を選ぶように言う。

「歴史的事実に忠実であることが求められる一方で、歴史を届けるための脚色や演出が必要になってくるんですね。そのバランスがすごく繊細、というか」

希佐は新田たち開《ひらき》の武士が町の名を「玉阪」にと進言したシーンを思い出す。あのシーンがなければ、開の武士たちの覚悟は伝わらなかった。

あとになって書き足されたあのシーンが、自分たち演じる『玉阪町』の核となり、人々の心に届いたのだ。

「良い観点だ。歴史に解釈を加えるのは勇気がいることだが、人に伝えるための努力を怠《おこた》るわけにはいかない。俺たちは舞台に対して常に誠実でなければいけないんだ」

力強く頷《うなず》いた海堂を見て、世長の肩からふっと力が抜けた。

「立花《たちばな》はどうだった？」

今度は希佐に質問が向けられる。

海堂に伝えたいことはたくさんあった。ただ、そのたくさんを言い連ねるのはなにか違うような気もする。

「……あの家は、議長の家だったんですね」

だから、その一言。海堂の目を真っ直ぐ見つめ、答える。

希佐のたくさんをまるごと全部大きな丸で包むように海堂が言った。

「ああ、そうだ！」

「彼は透明になった。愛する郷土のために」

それは、議長を追い求め辿り着いた答えそのもの。

(良かった)

あの紅葉の家で海堂から全て話を聞いていたら、与えられた答えは中身のない箱となり、演じる希佐の芝居も空《から》っぽになっていただろう。

調べ、考え、見出したからこそ摑《つか》んだ答えに血が通う。

希佐は議長を演じられた喜びを改めて嚙《か》みしめた。

同時に、舞台が終わったことをじわじわと実感し始めた。

名残《なごり》惜しい。

「ああ、ここだ！」

話しているうちに辿り着いたのは、美しく剪定《せんてい》された松の木が堂々と配されたホテルロビー。海堂は「ちょっと待っていてくれ」と言って、コンシェルジュデスクへと向かう。なんだろうと不思議がる希佐たちの元に、海堂はあるものを手にして戻ってきた。なにか印字された紙のようだ。

海堂は「舞台熱覚めやらぬお前たちに、これを贈ろう!!」と言って、それを希佐たちに見せつけた。

「『ハッピーサマークイズラリー』？」

三人の声が重なる。

「そうだ！」

海堂がそれを天高く掲げた。

「このクイズラリーは夏休み限定イベント。ホテルステイを十二分に楽しんでもらうためのアクティビティ！」

シャンデリアの光を受けて、クイズラリー用紙が燦然《さんぜん》と輝く。まるで新しい舞台の始まりだ。

「ホテル各所に散らばったクイズを解いていけば、自然とホテルを満喫できるようになっている！　しかも、全てのクイズに答えた暁《あかつき》には『玉阪の美味《おい》しいご褒美《ほうび》』が待っているぞ！」

「『玉阪の美味しいご褒美』……？　あっ！」

そこで希佐は思い出す。

「議長の日記に『鶏笠焼き《とりがさや》』って料理名がありました。あと『いちじく』も。もしかしてあれが『玉阪の美味しいご褒美』……？」

「それは打ち上げのビュッフェに出ていた！」

「えっ」

「『鶏笠焼き』は玉阪の郷土料理で、鶏肉のミンチに椎茸《しいたけ》をかぶせて焼いたものだ！　いちじくも玉阪の特産品、デザートのケーキに使われている！」

スズが「あっ、食べたわ、旨《うま》かったわ」と感想を述べる。希佐も同様に覚えがあった。知らないうちに議長の好物を食べていた。美味しかった。「グランヴェスト・ヒラキは玉阪市を代表するホテルだからな、玉阪の素晴らしい食文化を伝える役目も担っているんだ！」と海堂が誇らしげに胸を張る。

「ちなみに！　このクイズラリーを企画し問題を考えたのは、この海堂岳信だ！」

えっ、と驚く希佐たちに、海堂の笑みは深くなった。彼は言う。「つまりこれは、海堂岳信からの挑戦状ということだ！」と。

「さぁ！」

海堂が用紙を差し出してくる。迫力に飲まれるように希佐たちはそれを受けとった。

ハッピーサマークイズラリー
第①問：ホテルロビーにある、江戸時代に玉阪を治めていた開松原《ひらきまつばら》が愛した木は？
第②問：花庭園で真昼に休む鳥は？
第③問：アクティビティテラスにある月の剣の場所は？
第④問：ライブラリーにある読めない本のタイトルは？
全ての問題に答えたら展望レストランで『美味しいご褒美』をゲット！

「わっ、面白そう」と真っ先に反応したのは世長だった。しかし、感情が前に出たのが恥ずかしかったのか「あっ、ごめん、いや、すみません」と慌てて謝罪する。海堂は「求めていた反応だ！」と得意げだ。

「一問目、開の殿様がいる！」

今度は知り合いを見つけたかのような距離感でスズが言った。

「しかもロビーって、ここだよね？」

問題を見たときの昂《たか》ぶりが少し残ったまま、世長がキョロキョロとロビーを見回す。海

Happy

堂が「まずは小手調《こてしら》べだ！」と両手を大きく広げた。

「……あっ！」

希佐は気がつく。

海堂の背後に威風堂々《いふうどうどう》、美しい松の木。

ロビーに足を踏み入れた瞬間、希佐の視界に飛び込んできた松の木だ。スズと世長も希佐と同じタイミングで気づいたらしく、あまりにも見事な海堂と松の木の共演に黙って魅入ることしかできない。

やがて、三人揃って落ち着きなく周囲をうかがい始めた。他に該当する木がないか確認するように。しかしロビーを飾る花はあっても「木」はこの松だけ。

「……松の木、確認してみっか？」

スズの言葉に希佐と世長が頷く。海堂がどうぞと促《うなが》すように広げていた手を松の木の方へと流した。

「あっ!!」

松を見上げるように近づいていた希佐とスズの横で、世長が急に声を上げる。

「どうしたの、創ちゃん」

「これ！」

世長が松の根元を指さす。正確には松の根元に添えられたプレートだが。

――江戸時代、玉阪を治めていた開松原は、松の木をたいへん好み、城郭《じょうかく》や庭園に多く植栽していた。また、防風・防潮・防砂を目的として海岸沿いに松林を整備し、町を外敵や自然災害から守った。

「答えじゃねーか！」

「だよね、だよね！」

「これだ！　答え、『松』の木だ！」

一気にテンションが上がる三人に海堂が「Congratulations!!《コングラッチユレーションズ》」と称賛の拍手を送る。

「クイズラリーの雰囲気は摑《つか》めただろう！　残る三問も楽しんでくれ！」

そう言って、海堂は「ではな！」と颯爽《さつそう》と去って行った。

「すごいね……ホテルでクイズラリー」

『松』と答えを書きながら世長がしみじみ嚙みしめるように言う。

「次は『花庭園で真昼に休む鳥は？』か。そういや忍成《おしなり》たち、花庭園がどうのこうの言ってたよな？」

スズの言葉に希佐は「有名な庭園だって言ってたよね」と答えつつ、側《そば》にあったホテル館内図を確認する。

「花庭園……すぐ側みたい。よし、行こうか」

スズが「おー！」と元気よく右手を突き上げ、世長も「行こう！」と頷いた。

「……相変わらず、面倒見が良いのねぇ、海堂」

ロビーから少し離れたところで、呆《あき》れとからかいを含んだ声が飛んできた。海堂は足を止めそちらに視線を送る。

格式あるホテルを我がもののように従える存在感。忍成司《つかさ》が「あなたってば声が大きいんだから」と挑発的に微笑んだ。海堂は「ホストとして当然のことだ」と軽やかに返す。

司が「はいはい」と更にそれをいなして「……終わったのねぇ」とどこか感傷的に呟いた。

「舞台のことか。どうだった、『玉阪町』は」

希佐たちにそうしたように司にも尋ねると「ほんっとコクトってば都合が良いわよね！」と一瞬で火がついた。

「クォーツのジャンヌとジャックをロードナイトとオニキスに分けて効率よく稽古《けいこ》を進める……そりゃあ合理的よ。でもあれって、クォーツのレベル底上げに私たちが上手《うま》いこと使われたんじゃないっ!?」

オニキスとロードナイトには、専門性の高さによって培《つちか》われた多くの技術がある。それを学ばせるため、いや、盗むため、根地は各クラスにジャックを、ジャンヌを送り込んだのではないか。それが司の弁である。

「それを言うなら、ロードナイトも恩恵《おんけい》を授《さず》かったんじゃないのか」

「なによ、フミや美ツ騎がいるクォーツの方がジャンヌのレベルが高いって言いたいの？」

司が鋭く海堂を睨《にら》みつけた。センシティブな話題だったようだ。ただ、海堂の余裕は崩れない。

「トレゾール姿のお前を見られたんだ。ロードナイト生、特に一年生にとって有意義な時間だっただろう」

今ではアルジャンヌとしてクラスを支える司。しかし本来その才は、全てトレゾールに注がれていた。

「あら、なによ」

思いがけず持ち上げられて、司の態度が軟化《なんか》する。

「当然、アルジャンヌのフミやトレゾールの白田に触れられたのも、ロードナイト生にとって有意義だっただろうがな！」

「もう、そういうところ！」

司が「はぁー」とわざとらしく息を吐いた。

「だいたい、フミはどうでもいいけど、美ツ騎はロードナイトに入るべき子だったの、だから美ツ騎は実質ロードナイト！」

暴論を振りかざす司。

「希佐だって！　……今日の芝居を見ていたらますます欲しくなったわ」

話は思わぬ形で飛び火する。立花希佐。玉阪にも開にも染まらず佇む議長の姿が海堂の目にも焼き付いている。同じ舞台に立つことで感じたことも多々あった。だからこそ、結果を重んじる。

「立花は夏公演でクォーツ生としての真価を発揮した。そこは不可侵《ふかしん》だ」

透明なるクォーツ、その冠《かんむり》が最もふさわしい。司も「わかってるわよ、もう」と肩をすくめる。

「今回、久々にお前のトレゾール姿を見ることができて俺も楽しかった。今日が終わればまたライバルだ。今日くらいはゆっくり休んでくれ。じゃあな」

そう言って、海堂は歩きだす。

海堂の背中を見送りながら、司はぽつりと呟いた。

「私とあなた、結局最後まで組むことはなかったわね」

そして司も歩きだした。

2

「おっわ、すげー、花、花、花*!!*」

太陽の光を浴びて来客を揚々《ようよう》と歓迎するフラワーアーチ、色とりどりの花が咲き乱れるレンガ道、白いガゼボには親しげに蔦《つた》がからんで愛らしい花が顔をのぞかせている。

——花庭園。

日差しはまだ夏の色合いだが、花の香りを含んで流れる風は心地良い。

「あっ、鳥」

世長が驚いた様子で声を上げる。

花の隙間《すきま》から顔をのぞかせた鳥が、世長の側をかすめるように飛んで行った。その先には花庭園を守るように背の高い木々が並んでいる。鳥たちの住み処《すか》でもあるのだろう。小さな森から小鳥たちのさえずりが聞こえてくる。庭園の美しさもさることながら、静寂を彩《いろど》る鳥たちの音色もこの庭園の魅力に違いない。

「センパーイ、今度はあのガゼボでお願いしまーす！」

それを吹き飛ばす声が庭園に響いた。

「あっ、稀ちゃん。由樹《ゆき》ちゃんに、エーコちゃんも……」

ロードナイトの三人組だ。いつもの調子で御法川《みのりかわ》を振り回しているのだろうと思ったのだが。

「え……カイさんっ!?」

稀たちの後ろに、なぜかカイがいる。

「おい、鳳《おおとり》もいるぞ！」

スズが言うように、カイの側には鳳の姿もあった。

「……お前たち！　くだらない遊びに睦実《むつみ》先輩を付き合わせるんじゃない！」

カイを連れてガゼボに向かおうとする稀たちを鳳が阻《はば》む。

「はぁー!?　くだらない遊びってなに!?　私たち超本気なんですけど!!」

「そーそー、人の本気《マジ》バカにするならぁ、アンタの髪、マシマシの鳥の巣ヘアにしてやるんだからぁ！」

「……ん」

鳳が一瞬、頭を守った。しかしすぐさま毅然《きぜん》と立ち向かう。

「だからといってクォーツのジャックエースを雑用に使うなど許されない、いや、許さない！」

カイが「鳳、俺は大丈夫だ」と気遣うように声をかけた。しかし、普段《ふだん》、尊敬する先輩に対してイエスマンな鳳が「ですが！」と譲らない。

「どうする？」

スズの言葉に、希佐と世長が顔を見合わせた。

「……あれっ、希佐？　希佐ー！　なにしてんのーっ！」

しかし、答えを出すよりも早く稀がこちらに気がついた。鳳も同様だ。

「立花に、織巻《おりまき》、世長も！　おい、お前たち！　こいつらから睦実先輩をお守りしろ！」

遠くの揉め事が希佐たちの元へと駆けてくる。

「ねぇちょっと希佐からも言ってやってよ、人の邪魔すんなって！」

「立花織巻世長！　これはクォーツの威信《いしん》をかけた戦いだ！　睦実先輩をお守りしろ！」

そのまま、希佐たちをはさんで大口論。希佐は申し訳なさそうな顔をして場をおさめようとするカイに「一体なにが……？」とこっそり尋ねる。

「……ロードナイト生が写真を撮っていたんだ。ただ、なかなか気に入る写真が撮れないようで」

「そしたら睦実先輩が撮ろうかって言ってくれたの！」

横から稀が主張するように入ってくる。

「なのにぃ、鳳ぴっぴがぁ、睦実先輩にそんなことさせるなーって」

「ん」

「一枚二枚ならまだわかる！　だがお前たち、さっきからずっと睦実先輩を連れ回しているじゃないか！」

再び目の前で大激論。

「タイムッ!!」

そこでスズが声を上げた。庭園の鳥が飛び、至近距離でスズの声を浴びた稀たちも固まる。スズは希佐と世長を連れて彼らから離れた。カイは変わらず、少し心配そうな表情で希佐たちを見ている。

「要するに……カイさんが人質にとられたってことか」

「そうだった!?」

世長が声を上げるも「でも、確かに」と稀たちの向こうにいるカイを見る。

「……希佐ちゃん。忍成さんたち、多分、納得できる写真が撮れるまでカイさん解放しないよね?」

希佐はこくりと頷いた。『可愛い』に対して全く妥協のない三人だ。

世長は「カイさん本人は、本当に気にしてないんだろうけど……」と言いながら今度は鳳を見る。鳳もそれはわかっているはずだ。それでも尊敬する先輩が他クラスの後輩にこき使われているように見えるのが耐えがたいのだろう。それに鳳もきっと、知っているのだ。カイが一人の時間を好むことを。

——ただ。自分発端で争いが起きてしまったこの状況こそ、カイが最も気にするところなのではないだろうか。

「とるか」

スズが真剣な表情で言った。「えっ、なにを?」と世長が問う。

「最っ高ーに、可愛い写真!」

真剣な顔で言うセリフではないように思えるが、結局それが一番早いのかもしれない。なにせこれはカイから声をかけたことなのだ。だったら彼は稀たちの目的が達成されるまで付き合う。睦実介はそういう人だ。

「でも、最高に可愛い写真ってどうやって撮ったらいいんだろう……」

希佐がうーんと腕を組む。「結構撮ってんのに納得できてねーんだよな？」とスズが首をひねり、「良い写真はたくさん撮れていそうなんだけどね……」と世長が思案するように顔を伏せた。

「……立花、織巻、世長」

そうやって真剣に悩む希佐たちにカイが声をかけてくる。

「なにか……用事があったんじゃないのか。こちらのことは気にせず、自分たちの時間を過ごしてくれ」

希佐たちまで巻き込むのは忍びないのだろう。事実、カイが言う通り花庭園にやってきた目的は別にあった。そう――

「クイズラリーです！」

突然、世長が声を上げる。希佐とスズが驚き、カイや鳳、稀たちも「クイズラリー？」と反応した。

「ホテルの催し物で、各所に散らばるクイズを解いていくんです！　えっと、これなんですけど」

世長が持っていた用紙をカイたちに見せる。

「それで、この花庭園には……」

ここで世長がたっぷりと間をとって。

「……『真昼に休む鳥』って謎があるんです」

まるで特別な秘密を打ち明けるように声を潜《ひそ》めて言った。

「『真昼に休む鳥』……？」

そう繰り返した稀の声は世長と秘密を共有するかのようにささやかだ。

「……ねぇ、マレマレ。なんだか面白そうじゃないー!?」

一転、ユキがテンション高くクイズラリーに興味を持つ。

「……ん」

エーコも、なにか感じ入るものがあったようだ。稀が「えっ、その『真昼に休む鳥』ってやつと一緒に写真を撮ってＳＮＳにアップしたら、注目されるんじゃないかって？」とエーコの主張に驚いている。

そんな稀たちの横で、世長が希佐とスズにこっそり言った。

「これだけ綺麗な場所でたくさん写真を撮っても満足できないなら、忍成さんに必要なのは可愛いよりも特別感かも……。『真昼に休む鳥』が忍成さんたちを満足させてくれるかどうかはわからないんだけど」

それでも、目的を作って達成すれば、可愛いへの挑戦に一つ区切りを作ることができるかもしれない。希佐が「いいと思う」と同意し、スズも「闇雲《やみくも》に可愛いを探しまくるよりいいだろ！」と笑った。

「おい！　忍成たちにエサを与えてどういうつもりだ！」

ただ、鳳はそうもいかない。

「だいたい、なんだそのクイズ――」

「鳳！　これ！　ホテルの！　アクティビティー！」

なにかを察知したスズが即座に鳳の言葉を遮《さえぎ》った。鳳は一瞬顔をしかめたが、スズの背後に立つ希佐の真っ直ぐな視線に気がついてハッとする。稀たちも、突如ピンと張りつめた空気に「え、なに」と狼狽《うろた》えた。

このホテルは、海堂グループ所有のホテル。つまり全てが海堂に直結する可能性を持つ。

「なるほどクイズラリー！　ホテルゲストへの遊び心満載な素晴らしい企画ッ！」

鳳が強引に思考のハンドルを切り直す。世長が「このクイズラリー、海堂先輩が考えたものなんだよ」と補足すると、鳳は「さすが海堂先輩！」と、失言せずにすんだことを安堵《あんど》するように言った。希佐の表情もやわらぐ。スズと世長も胸をなで下ろす。

「……見せてもらってもいいか？」

そこでカイが希佐の手にあるクイズラリーを見た。「あ、はい」と希佐が用紙を渡すと、カイはそれをじっと見て、穏やかに、しかしどこか眩《まぶ》しそうに目を細める。

「面白そうだ」

カイがそう言ったことで稀たちが「ですよね！」と息を吹き返した。鳳も即座におっしゃる通り！　の体勢だ。

「じゃあ……この『花庭園で真昼に休む鳥』を探すとするか」

カイが希佐に用紙を戻し、小鳥のさえずりが聞こえる小さな森の方へと足を踏みだす。希佐たちだけではなく鳳や稀たちの声も「はい！」と重なった。


「……なんだ、あいつら。またなにかやらかしてるのか？」

御法川は眉をひそめた。

ガラス張りの廊下、美しい庭園が見えるその場所で一人歩いていた御法川は、稀、ユキ、エーコの三人がクォーツ生相手になにか騒いでいるのを発見した。御法川にはわかる。あれは稀たちが厄介事《やっかいごと》を持ちかけているときの雰囲気だ。

「ったく、すぐに人に迷惑をかけて……！」

窓越しに小さな森へと歩いて行く彼らの姿を捉えたまま、御法川は足早に花庭園への出入り口を探す。

「あっ、あそこか……！」

見ればカフェテラスの向こうに花庭園へと通じるドアがあった。御法川は今にも走りだしそうな勢いでそちらに向かう。

「……御法川？」

そこで、御法川をゆったり包み込むような声が聞こえた。思わず足が止まり、視線がそちらに導かれる。

「あっ、高科《たかしな》先輩……！」

窓際、ダークブラウンのソファに腰掛け、コーヒーカップを前にくつろぐフミの姿がそこにはあった。窓の向こうに見える花庭園の景色も相《あい》まって、まるで一枚の絵画のようだ。

「慌ててどうした？」

「あ……すみません。うちの生徒が、クォーツ生に迷惑をかけているようで……」

フミがフッと笑う。

「大丈夫だよ」

なにもかも見透かしてしまいそうな目でそう言われ、御法川の肩から力が抜けた。

「忙しいの？」

「あ、いえ」

「じゃ、どーぞ」

そのまま流れるように正面の席を勧められる。驚きはしたが間を開けることなく傍らに立っているウェイトレスに軽く頭を下げて奥へと進み、「失礼します」とフミの正面に腰を下ろす機転の良さが御法川にはあった。

「確かに採《と》めてたんだけどサ、話、まとまったみてーだよ」

フミが窓の外へと視線を送る。言われてみると、彼らが同じ目的を持って歩いているように見えた。それでも、ロードナイト生が他クラスに迷惑をかけていないか心配だが自分が出る幕でもないのだろう。

「どうする？」

フミが御法川にメニューを差し出してくる。ここにきてようやく、コーヒーから立ち上る爽やかな香りに気がついた。

「……じゃあ、俺もコーヒーを」

「ん」

フミが目配《めくば》せすると、無駄な動き一つなくウェイトレスがやってくる。ここはもう、フミの領域なのだなと御法川は思った。声をかけられた時点で自分もその一部。だったらそれに甘んじようと御法川はソファに深く座り直す。そんなささやかな仕草にフミの笑みが濃くなった。言葉はないが、会話しているようだ。

そういえば、今日演じた玉阪比女彦《ひめひこ》と一番彦もそんな関係だった。フミのパートナーという大役を仰《おお》せつかり、全てのセリフを断ち切ってたった一言に全てを懸けたが、比女彦とは常に会話ができていたように思う。

例えば一番彦が引いた椅子に比女彦が腰掛けたとき、危険な橋を渡ろうとする比女彦をじっと見つめていたら気づいた彼が苦笑したとき、比女彦の後ろに付き従う一番彦に名前を繋ぐ重みを語ってくれたとき。その全てに会話があった。

御法川の動き全てに、フミが細かく応えてくれていた。

（……そんなこと、する人じゃなかったんだけどな）

御法川は自分が一年生だったときのことを思い出す。ジャンヌ中心クラスであるロードナイトから見るユニヴェール最強のアルジャンヌはあまりにも鮮烈で、抜き身《ぬみ》の刃《やいば》のような危うさもあった。近づくものは全て切り捨て、フミ自身もその刃で血まみれになる。生まれたばかりの雛鳥《ひなどり》が親を忘れないように、初めて見たフミの姿も御法川の中に残っている。

ただ、責任や役割が人を変えることも重々承知していた。司だってそうなのだから。

カフェのカウンターでは香ばしい香りを漂わせながらゆっくりとコーヒーが抽出されている。穏やかな空気そのままに、フミが「今日の芝居、良かったわ」と言った。

「……！　ありがとうございます」

「自分でも手応えあったんじゃねーの？」

「……正直、ありました」

「ハハッ、だろうな」

フミが背もたれに身を預け「稽古中もさ、大変そうだったけど楽しそうにも見えたわ」と言う。

ロードナイトのジャックエースとしてクラスをまとめる御法川にとって、自分と向き合える時間は当然のように少ない。しかし今回はユニヴェールのいち生徒として舞台に向かい、観客の歓声という形で結果を得られた。この経験は楽しかったと呼ぶにふさわしい。だったらフミはどうだろう。今回の舞台、楽しかったのだろうか。ただ、それを訊く気にはなれなかった。今回の舞台は一過性《いっかせい》の出来事だと思ってしまうからだ。どうせ訊くのなら、もっと大きく。

「クォーツは楽しいですか?」

意外だったのか、フミの目がわずかに開いた。そして苦笑《くしょう》する。

「ああ。面白いからな、クォーツは」

昨年、孤独に舞っていたアルジャンヌの口からは聞けなかっただろう言葉だ。安心したし、なぜか妙に寂しくもなった。言葉に嘘はないだろう。だからといってそれが全てではないと感じてしまったのだ。

「お待たせいたしました、こちら、コーヒーです」

ウェイトレスが持って来たコーヒーの香りがどこかほろ苦《にが》い。

「じゃ、ゆっくり過ごせよ」

そう言って、フミが立ち上がる。「え」と驚く御法川に彼がニッと笑って「お疲れサン、楽しかったわ」と去って行った。

「あっ、お会計！」

ハッと気づいて伝票を探したが、予想通り姿はない。

「はーあ、カッケーなぁ」

ぼやくように呟いて、コーヒーを口へと運ぶ。

「……旨いわ」

御法川は息をつき、窓の外を眺めた。

「……ゆっくり、か」

御法川にしてみれば、既に秋公演は始まっている。今日だってこのままユニヴェールに戻り準備をするつもりだった。秋は『あいつ』がいるのだから。それを、今日、確かに感じたのだから。

——でも。

「今日くらいはいいか」

ロードナイトのジャックエースにも休日は必要だろう。

御法川はぐっと背伸びして、窓の外を静かに眺めた。

「睦実先輩〜！　あの鳥ってなんていうんですか？　あれ、黄色と黒の羽！」

「あれはキビタキだな」

「じゃあ、あれは〜？　お腹《なか》がオレンジ色の鳥ぃ〜！」

「あれはヤマガラだ」

「……ん」

「あれは……クロツグミだな」

小さな森のそこかしこから小鳥のさえずりが聞こえてくる。ロードナイト勢はそのさえずりから小鳥の姿を見つけることに長けていた。小鳥を見つけるたび、カイに名前を聞いている。

「つーか休んでる鳥、多すぎじゃね？」

目が良いのか、あそこ、あそこ、あそことロードナイト勢と同じように木の枝で休む鳥を見つけながらスズが言った。世長が「休む、って具体的にはどういう状態のことを言うんだろう」と思案するように目を伏せる。「クイズ要素が強いのかも。一問目の松とは違って、鳥はずっと同じ場所にいるわけじゃないし」とも。

「パンはパンでも食べられないパンは？　フライパン！　……みてーな？　実は鳥じゃな

いとか」

「あー、それは……。鳥は鳥、かも。ほら、あれ」

世長が指さす方向に木の巣箱があった。ちょうど良く小鳥が入り、中から賑《にぎ》やかな雛の声が聞こえてくる。よくよく見れば、森の至る所に小さな餌場《えさば》や水飲み場が設置され、ホテル側が鳥の住みやすい環境を整えていることがうかがい知れた。だったらこの問題の答えもなんらかの鳥であるのは間違いないだろうというのが世長の考察だ。

そうやって話す自分たちを稀が不思議そうな表情を浮かべて見つめる。

しかしそれには気づかずに「だから……真昼に休む、ってところがポイントなのかも」と世長が結論づけた。

「じゃあ、『真昼に休む』のヒントになりそうなものがないか探してみようか」

希佐の提案にスズも世長も同時に頷く。

「私は……庭園の方を探してみようかな」

「んじゃ、オレはこのまま森の奥行くか」

「だったら僕は……」

世長は木の巣箱を見上げてから「もうちょっとこの辺を探してみるよ」。三人は「じゃあ」と言い合い散《ち》り散《ぢ》りに分かれていった。

「……」

希佐とスズが離れたところで、世長はクイズラリーの設問を改めて見てから、顔を上げる。

「世長ー」

すると正面に稀が立っていた。「わっ」と驚いて後ずさる世長に「ちょっとなによ！」と稀が不機嫌そうに言う。

「あっ、ごめん」

「……。まぁ、いいけど。あんたって結構しゃべんのね」

急にそんなことを言われて世長は戸惑《とまど》った。

「だってほら、玉阪組の稽古中、一人で台本読んでることが多かったじゃん」

「あ、それは……」

痛いところを突かれて思わず口ごもる。昔から人が集まる場所にいると身の置き場がなく、一人自分の世界に籠《こ》もってしまうことが多かった。改善したいことの一つなのだが、昔からの習性がそう簡単に治るはずがない。それでも、クォーツだと自然な形で話せるのは、幼馴染《おさななじ》みである希佐の存在が大きかった。自分の意見を主張しながらも人の意見に耳を傾けるスズもいる。

「なに、私相手だとしゃべりたくないわけっ？」

そんなことを考えながら黙ってしまった世長に、稀が腕を組みながら文句をつけてきた。

「いや、そんなことは！」と慌てて否定すると「ならいいけど」と組んでいた腕をほどく。

稀は感情に忠実で、裏表のない人なのだろう。

そんな稀が、なぜ自分に声をかけてきたのか。

「えっと、なにか用事が？」

大勢の中でしゃべるのは苦手だが、一対一ならなんとかなる。そう自分に言い聞かせ、スイッチを入れるように稀に尋ねた。

「世長ってさ、今までやってきた役、全部演じづらかったんじゃない？」

え……、と声が擦《かす》れる。返答があまりにも予想外すぎて、一瞬でなにも考えられなくなった。

「ほら、今回の『七番比女《ひめ》』もそうだけど、新人公演の『掃除番《そうじ》』とか、夏公演の『カンナ』とか」

稀が世長の役を覚えていたことにまず驚く。名のある役をもらい、舞台に立たせてもらったのだから当然のことかもしれないが、自分の役が人に認識されていることに衝撃を受けた。

その動揺がそのまま心臓の音へと変わる。自分は一体、これからなにを言われるのか。

「あんたって、フツーの可愛い女の子が多いじゃない？」

「フツーの、可愛い……？」

稀の言葉は次から次に予想外。

「高科先輩も美ツ騎様も、実際にいたら『キャー素敵ぃ!!』ってなる人演じるでしょ？　普段そうそうお目見えしない人」

「あ、ああ、なるほど……」

つまり、特別な人と、普通の人。世の中にありふれたカテゴライズ。

「でもさー、フツー演じるのも難しくない？」

「え……」

稀がなにを言いたいのかが摑めず、世長は「どういうこと？」と訊き返した。

「私さぁ、普通にやってるつもりなのに普通じゃないって言われること、すっごく多いんだ。なにやっても普通じゃない、普通じゃないって。舞台もそう。そこはフツーにって言われたからフツーにやったら、フツーじゃない！　って。いやもうフツーってナニ!?　ってカンジ」

稀の声は沈むことなく普段通りだが、世長の方がその言葉の重みに息が詰まった。

ユニヴェールにいると忘れそうになる。人が、世間が、なにを普通と思い、なにを異質と捉えるかを。ユニヴェールの『普通』が全てを塗り替える。

ただ、稀はそんなことを論じたいわけではないらしい。

「世長は常識ありそうだから、そういうフツー演じるの上手そうに見えたんだ。御法川先輩が言ってたんだけど、お客さんって『シャカイテキジョウシキ《社会的常識》』を通して、舞台を見るんだって。だから舞台に常識……みんなが言う『普通』がないと、よくわかんない舞台になるんだってさ。舞台なんだからメチャクチャで良いじゃん！　って私は思うんだけどね。むちゃくちゃって、常識の上に成り立ってるって言うの」

　御法川の解釈が入ることで、稀が言わんとすることが世長にも少し見えた。

「そうだね、視点役、というか……共感できる役を通して、舞台に没入する人は多いから。自分と重なる部分がなにひとつないと、他人事《たにんごと》、になっちゃうかも」

　振り返って見れば、世長の役は『普通』という窓口だったのかもしれない。観客が物語の奥へと入り込むための扉。

　ゾッとした。

　自分はその役目を全うできていただろうか。

　しかし、自身を振り返ることはできなかった。

「でも、世長もフツーじゃないのかも」

　稀の言葉が、やっぱり予想外すぎたから。

「えっ！」と戸惑う世長を置いて、「うん、そうだ。世長ってなんか変だもん」と稀が納得した様子で頷く。

「世長ってさ。ジャックやりたいんでしょ？　てゆーかジャックエース？」

「……!!」

心臓を刺されるようだった。

「な、なんで。いや、僕は」

ジャンヌだから、と言うよりも早く稀が言う。

「でも、アルジャンヌ目指してないよね?」

今ここでは、真実以外の言葉が消え失せる。

「ご、ごめん」

なにを言えば良いのかわからず、気づけば謝っていた。「え、なんで?」と稀が不思議そうな表情を浮かべる。

「いや、なんか……」

自分はジャンヌ生で、目指すべきものはアルジャンヌで。

しかし、実際はどうだろう。

今の自分が先のことを考えるなんておこがましいというのがまずある。

だがそれ以上に、世長の胸の奥、捨てきれない想《おも》いがあった。その上に立つ仮初《かりそ》めの自分はきっと脆《もろ》く儚《はかな》い。だからこうやって暴かれてしまう。

「だからさ、フツーじゃない役の方がハマるかもね」

そんな世長が落とした影を軽く飛び越えるように稀が言った。

「え……」

「なにそれー！　ってみんながビックリするような役。フツーじゃできないような役。そういう役の方があんた向いてんのかも。希佐たちとしゃべってるあんたを見て、なーんか思ったんだ」

稀は稀の中に生まれたごくごく『普通』の感情を口にしただけだろう。

「まっ、あんたがどんな役やりたいのか、私にはわかんないけどさ。じゃっ！」

「えっ、あっ」

言いたいことが言えて満足したのか、稀は一方的に話を打ち切ってユキやエーコの元に戻っていく。残された世長はしばし呆然《ぼうぜん》と立ち尽くした。そこに、小鳥の賑やかな声。見れば親鳥が巣箱に入って、また飛んで行く。稀と話しているうちにまた新しいエサをとってきて雛に食べさせたのだろう。

立ち止まっていたって物事はどんどん進んでいく。時間は流れていく。

「……今は、クイズラリーだから！」

ぐっと前を見た。

「え……」

その瞬間、視界の中、青く美しい鳥が通り過ぎていく。

「今の……」

それが特別ななにかに思えて、世長は思わずあとを追った。

森を抜け、花庭園へと戻る。

「いない……」

広がるのは色とりどりの花々と、静謐《せいひつ》なホテルの姿。ホテルの壁面にある時計が静かに時を刻んでいる。

「……あっ!!」

世長は声を上げた。

「……っ! 創《そう》ちゃん……?」

その声に花庭園でヒントを探していた希佐が世長に気がつく。そんな希佐に気づいた世長もホテルを見上げながら駆け寄ってきた
「希佐ちゃん! 真昼って時間のことだ!」

なんだ簡単なことだったのにと言いながら、世長がホテルの時計を指さす。

「時間? あっ……十二時!」

ホテル壁面中央に設置された大時計。文字盤の周囲には時間ごとに異なるレリーフが飾られている。

希佐と世長は真昼、十二時のレリーフを見た。

「……鳥!」

そこには鳥のレリーフ。二人の声が聞こえたのか、スズたちがどうしたんだと駆けつけた。希佐と世長が「あれ！」と鳥のレリーフを指さすと、彼らは大時計を見上げる。

「え、あっ、十二時に鳥!?」

スズが驚き、稀も「ホントだ、見て見て、ユキ、エーコ！」とはしゃぐ。

「しかもあの鳥……さっき見た鳥に似てる……」

「さっき見た鳥？」

希佐の問いに世長は頷いて「そう、青い鳥」と答えた。

そこでカイがレリーフを見上げながら「オオルリだ」と言う。

「オオルリ？　図鑑で見たことがあります。綺麗な『瑠璃色《るりいろ》』の鳥……。でも、どうしてオオルリがレリーフに」

世長が疑問を口にする。時計のレリーフにするには、少し珍しい気がしたのだ。

すると、少し離れた場所からこちらを見ていた鳳がハッと息を吐いた。

「オオルリは玉阪市を象徴する鳥に制定されている。いわば『市の鳥』だ」

市の鳥？　と聞き返した希佐たちに、鳳は更に深く息を吐きながらも大時計に真正面から向き合い、

「オオルリは夏鳥でちょうど今の時期、多嘉良《たから》川の上流に生息している。方々を旅し、限られた時間だけその美しい姿と澄んだ鳴き声を披露するオオルリを玉阪座の役者のようだ

と人々が話したのがきっかけとか」

鳳が「あの大時計には他にも玉阪にまつわるものが多く取りいれられている」と言う。

「だからレリーフに……」

世長は改めて真昼に休む鳥、オオルリのレリーフを見つめた。

「ちょっとお！　話はまだ終わってないんですけど！」

そんな穏やかな空気を稀がぶち壊す。

「私たちの目的忘れたの!?　『最高に可愛い写真を撮る』！　そのために真昼に休む鳥を探したんだからッ！」

希佐たちの目的はクイズラリーとカイの解放なのだが、カイが「そうだったな。じゃあ、写真を」と言って稀たちから携帯を受けとろうとする。

「……ダメです！」

急に稀がカイの動きを阻んだ。

「みんなで撮りましょ！　だってみんなで探したんだもん！」

ユキとエーコも賛成するように頷く。ただ、撮影者なしで大時計と自分たち全員をフレームに収めるのは難しそうだ。鳳が「またそんな我が儘《わがまま》を！」と憤っている。

「……なにしてんだ？」

そんな希佐たちに声をかけてきた人が一人。

「あ、御法川先輩……！」

「よぉ」

希佐が振り返った先に御法川の姿があった。

「ちょうどよかった！　御法川先輩、写真撮って!!　あの時計と私たち！　最高に可愛く！」

これ幸いにと稀たちが携帯を押しつける。

「はぁ？　なんだよ急に。しかも注文多いな」

ぼやきながらも御法川は手慣れた様子でカメラを起動し画角を確認する。話が早い。

「いいんでしょうか、御法川先輩」と希佐が心配して尋ねると、彼は「いいよ、ゆっくりしてるだけだし」と返した。

「じゃ、並んで」

御法川に促され、希佐たちは時計を背に並ぶ。

「おい、僕も参加しなきゃいけないのかこれは」

顔をしかめる鳳にスズが「カイさん解放したいんだろ」と言う。鳳がぐうっと唸ったが
「ジャック組は後ろに並ぼう」とカイが自分の隣を促したので、鳳が「はいっ！」と加わった。

「それじゃあいきますよー。はい、チーズ」

カシャ、とシャッター音。同時に、鳥の羽音が聞こえたような気がした。

「ん？　おお……」

写真を確認した御法川が驚いた様子で声を漏らす。

「なんか鳥が写ってる」

「えっ、なにそれ見せて！」

奪い取るように確認すると、稀も「あっ！」と声を上げた。

「見てこれ!!」

稀がみんなに写真を見せる。そこには光を浴びて美しく輝く瑠璃色。

「オオルリだ！」

世長も思わず声を上げた。

「つーか、ちょうど十二時のレリーフに重なってね？」

スズが写真をのぞき込みながら言う。

「確かに……十二時のレリーフだけ色がついたようになっているな」

カイがレリーフと写真を見比べながら言った。

稀がブルブルと震え出す。

「いやもうこれ……最高どころか、宇宙一の可愛さじゃん～ッ!!」

稀の叫びにユキとエーコも「マジマジ!!」「ん、ん！」と共鳴した。「お前らの可愛いってなんなんだ」と御法川は呆れ顔だったが。

「早く全世界に発信しなきゃ！」

「待って、マレマレ！　これマジマジの本気《マジ》でレタッチした方がいいってぇ！　肌色上げてぇ、オオルリの瑠璃色もちゃんと目立つようにしてぇ〜！」

「ん！」

稀が「確かに！」と同意して、「じゃあ、私たち忙しいから！」とホテルに向かって駆けていく。

「御法川先輩も手伝ってーッ！」

「いや、自分たちでやれよ」

文句を言いながらも御法川はカイを始め希佐たちにも礼を言うように頭を下げ、稀たちのあとに続いた。

「……これで睦実先輩は自由だ！」

ようやく鳳の目的も達成される。

カイもホッと胸をなで下ろした。

「付き合ってくれてありがとう、鳳。お前たちもすまないな、スタンプラリーの最中だったのに」

「おかげで答えが見つかりました」

希佐の言葉に、スズと世長もうんうん頷く。カイは表情を和《やわ》らげて「残り二問、頑張ってくれ」と優しく微笑んだ。

3

「えっと……次は『アクティビティテラスにある月の剣の場所は？』か」

二問目の謎を解いた希佐たちは、三問目の謎がある場所、アクティビティテラスに向かう。

「『月の剣』……」

なんとなく読み返してしまった希佐に、世長が「この『月の剣』、三日月のことだと思う」と言う。

「えっ、三日月？　あー、月が剣みたいな形してるからか」

刀を振り下ろす仕草を見せたスズに世長が「三日月を表現する言葉として、実際にあるんだ『月の剣』って」と補足する。

「じゃあ、アクティビティテラスにある三日月型のなにかを探せば良いってこと？」

希佐の問いに、世長が「多分そう」と答えた。二問目でかなり時間を使ってしまったが、三問目はすぐに解くことができるかもしれない。

三人は意気揚々と次の目的地へと向かった。

「……うわっ、すげぇな！」

アクティビティテラスは花庭園とは打って変わって活気にあふれた空間が広がっている。

色とりどりのパラソルが並ぶプール、フットサルやバスケットが楽しめるコート、子どもたちがはしゃぐ芝生広場のアスレチック。

他にも様々なスポーツが楽しめるこの場所にはシンボルのように白い灯台が建っている。

「これ……」

スズが困惑しながら呟いた。

「探すのめっちゃ大変じゃね？」

多分、希佐と世長も、スズと同じ顔をしている。

「ま、まずは見て回るか！」

ただ、じっとしていても始まらない。希佐たちは敵情視察とでも言うようにアクティビティテラスを歩き始めた。しかし、歩けば歩くほど広くなっていくかのような錯覚を覚える広大さ。三日月らしきものの姿もない。これは骨の折れる作業になりそうだ。

「……あれっ、立花！　織巻に世長も」

希佐たちは、背後から急に声をかけられた。明らかに希佐に対する熱量が大きいその人物は、オニキスの加斎。彼の後ろにはダンテ、登一の姿もある。

先程までは制服姿だった彼らは動きやすい格好に着替えていて、このアクティビティテラスを満喫していることがうかがえた。

「立花たちも体を動かしに来たの？　……って雰囲気でもないね」

「私たち、今、これをやってて……」

クイズラリーを見せると、三人が「へー」とのぞき込む。

「こんなアクティビティもあるんだ」

「ダケシンらしい遊び心を感じマース」

「既に二つ解いて、次は三問目というわけか。しかし『月の剣』とは？」

疑問にスズが「三日月じゃないかって世長が。な？」と世長を振り返る。世長もそれに頷いた。

「てことは『アレ』か」

すると加斎が思い出すように言う。

「えっ、知ってんの？」

尋ねたスズに加斎がにっこり笑って、

「ヒントあげようか」

なんだか嫌な予感がした。

「くれ。その代わり立花よこせはナシな」

加斎が「えー、なにそれ」と不満げな声を上げる
「アタル、諦め悪いネー」

「まーね、勝つまで挑むのがオニキスでしょ」

彼らのやりとりに、希佐は曖昧《あいまい》に笑うことしかできない。

「まぁ、冗談はこれくらいにして」

話を切り替える加斎に、ダンテが再び「ジョーダンじゃないデショ?」と食いついたが
それはスルーして。

「そっちだって、ただで情報を仕入れるのは味気《あじけ》ないでしょ。だからさ、勝負しようよ」

勝負?　と希佐たちが訊き返す。

「うん。あれ」

加斎が後方を振り返り、スッと指さした。そこにあるのは――

「灯台?」

スズの言葉に加斎が頷く。

「あの灯台、中にらせん階段があって展望台まで続いてるんだ。だからさ。どっちが先に上れるか、勝負しようよ」

希佐たちは改めて灯台を見る。見上げるほどに大きなそれは上るだけでも大変だろうに、そこに加斎との勝負が加わればクイズラリー以上の難問に思える。

「んじゃ、オレ行くわ」

「えっ、あ、スズくん」

しかしスズが当たり前のように前に出た。

「アタルとスズの一騎打ち、これは見物ですネ〜」

「オニキスとスズとクォーツの威信《いしん》を懸けた戦いでもあるな！」

「きっと、日常的にこういった勝負事を楽しんでいるのだろう。ダンテと登一が盛り上がる。

「スズくん、ごめんね、大丈夫？」

思わず尋ねた希佐にスズがニッと笑う。

「加斎からヒントぶんとってやらぁ！」

威勢の良い言葉に加斎は笑みを深くした。

「ここからの方が展望台よく見えるよ。立花たちはどっちが先に顔を見せるか見守ってて。じゃ、行こっか、織巻」

「おー」

そう言って、スズと加斎は展望台へと向かっていった。

「……で、なによ」

希佐たちから離れたところで、スズが加斎に問う。

「オレになんか言いたいことあんの？」

加斎がフッと笑った。

「織巻って段階踏まずに答えに行き着いちゃうところあるよね」

スズを見ることなく、加斎は真っ直ぐ進む。

「織巻、さ」

その声に、真剣味が帯びた。

「もっと他人のこと、切り捨てた方がいいよ」


「……本日は誠にお疲れッしたぁ！」

ホテルラウンジに、根地の景気のいい声が響く。

「それはこちらのセリフだ！　ユニヴェール生の熱きビート、確かに見せてもらったぞ！」

それに負けじと長山山門《ながやまやまと》が応える。ソファに腰掛けていた丹頂《たんちょう》も、煌《きら》びやかに立ち上がり華麗にターンを決めて再び腰を下ろす。

「式典の関係者からも、色々とお褒《ほ》めの言葉を賜《たまわ》った」

江西《えにし》の言葉に根地が「まぁまぁありがたいこって」と手を擦《こす》り、

「んで、玉阪座の皆さまはいかがなもので？」

根地の言葉に江西が表情を変えることはない。

今日の式典、ユニヴェール歌劇学校は玉阪座の前座的立ち位置。当然、玉阪座関係者に、もっと言えばアンバー、そして田中右宙為《たなかみぎちゆうい》を祀《まつ》り上げたい年寄り連にユニヴェールの舞台を見られることになる。

「何人かと一言二言話したくらいだが、概《おおむ》ね好評だった」

間もなく、淀《よど》みもなく、まるでなんの変哲《へんてつ》もない道のように江西が言う。それを掘りたくなるのが根地黒門《こくと》という人間だ。

「それに今日は丹頂先生がいらっしゃったからな」

先手を打つように江西が言う。

「みな、笑顔だったね！」

彼女が出てきてしまうとさすがの根地も穴を掘るなんて無粋《ぶすい》なまねはできない。

実際、玉阪座の年寄り連も歌劇の世界に強い影響力を持つ丹頂相手に下手《へた》なことは言えないだろう。影響力以前に、丹頂そのものが強いのだし。

彼女は機嫌良く歌うように語る。

「クォーツの舞椿《まいつばき》と、キングオニキスへの称賛はひときわ大きいものだった！　我らがアルジャンヌにも熱い視線が向けられていたようだね！」

フミ、海堂、司の三人だ。

「クォーツのシンデレラに注目する者も少なくなかったよ。当然、君、エキセントリックパープルもね」

そこに、カイ、根地も加わる。自分はともかく、この一年で玉阪座関係者に注目されるようになったカイの躍進は大きい。

これは卒業を控えた76期生に対する玉阪座入門を見据えた評価なのだから。

「そんな君たちに寄り添わせるように名の上がる小鳥もいたよ」

突然、玉阪座という頂きにまぎれ込んだ小鳥。根地の眼鏡《めがね》の奥に潜む瞳が無邪気な輝きを見せる。

「ほほー？ それはいかような？」

やっぱりね、と根地の口角が上がった。

「透明な小鳥さ」

透明な小鳥――立花希佐。

その子細を聞き出すべく身を乗り出したところで、江西の携帯が震える。彼は根地たちから少し離れると、携帯を耳に当て一言二言会話した。

ふいに、ロビーの方からざわめきが聞こえてくる。根地は即座にそちらを向いて眼鏡を持ち上げた。

「……ああ、そこにいたか」

衆目《しゅうもく》を浴びながらも悠然《ゆうぜん》と、声にさえも華がある。ユニヴェール校長、中座秋吏《ちゅうざしゅうり》が携帯を下ろしながら「よっ」と挨拶《あいさつ》した。その少し後ろに箍子《たがね》の姿もある。

「おやま、校長先生！　ご機嫌麗しゅう」

ズボンの裾《すそ》を摑んで恭《うやうや》しく会釈した根地に、中座が「はは！　今日はご苦労さん。良い芝居だったわ」とねぎらってくれた。

「生徒たちにひと声かけるつもりが、間に合わなかったみたいだな」

どうやら校長は打ち上げに顔を出すつもりだったらしい。

「校長先生が来たとわかれば、ユニヴェール生が一斉に駆けつけますよ」

「そんな姿、見たことねーぞ」

中座がカラカラと笑う。

「お前からよろしく伝えておいてくれ」

「御意に。盛大に脚色してお伝えいたしましょう」

「俺の格好良さ三割増しで頼むわ」

「ではとびきりの演出も添えて」

軽妙なやりとりを続ける二人に、箍子が「そろそろ式典関係者との懇親会が始まりますよ」とやんわり遮るように言う。

「ミドリさん、長山先生、江西くんも」

どうやら、他のユニヴェール教師たちも参加するようだ。

「はいはい、わかってるよ。じゃあ、お疲れさん」

そう言って立ち去る中座。後ろに丹頂、長山と続く。

しかし、促した箍子本人がその場から動かず、江西もまた同様だった。

「……江西センセ、ほら、行かなきゃですよ」

根地が言うと江西はチラリとこちらを見て、そのまま箍子の横を通り過ぎるように去って行く。

そうしてここに二人きり。

「……田中右くんが観劇しました」

今日の天気を語るような口ぶりで箍子が言った。

「根地くんが出ますよ、と伝えて」

「箍子先生は僕を釣り糸に垂らすのがお好きと見える！」

根地がビュン、と釣り竿を振る仕草を見せた。

「でもそれじゃあ、宙為を釣るには難しそうですけどね」

振った釣り竿を引き上げて、消えた釣り針を眺めるように根地が言う。

「そうでしょうか。……アンバーは今も、君を求めていますよ」

「だとしたらそれがアンバーの弱さでしょうね」

間髪入れず、挑発的な眼差《まなざ》しで根地は応えた。箍子はゆったり笑うだけ。

「根地くん、秋がきますよ」

そう言って、箍子が後ろ手を組み、背を見せる。

「実りある季節……決別の候《こう》です」

そう言って、箍子は去って行った。


白い灯台が青空に映える。そこに織巻寿々《すず》という人間が立てば舞台のワンシーンのように見えるのは、加斎だけだろうか。

他人を切り捨てろという加斎の言葉にスズは驚きこちらを見たが、またすぐにへらりと笑って正面を向いた。上手く受け流されたような気がして、加斎はなおも続ける。

「今回思ったけど、織巻ってずっと誰かのために動いてるよね。それって結局損するよ」

スズの歩みはリズム良く、その軽やかさが加斎を妙に駆り立てる。

「それに……織巻は別に『華』になりたいわけじゃないだろ？」

天と地をひっくり返すつもりで加斎が言った。

人は彼を華と呼ぶし、それを疑う人もいない。

しかし彼が華について語っているのを見た人はいるか？　聞いた人はいるか？　ジャックエースになりたいとうるさいほど主張するのに、彼は華になりたいとは一言も言わない。

今回の『玉阪町』で彼がクォーツの華として動いていたからこそ、その沈黙が目についた。

織巻寿々は華を目指していない。それが加斎が導き出した答えだ。

そう思うと、腑に落ちることがある。

舞台の上でこれ以上なく華々しい彼。しかし、その動きは時に『器』を彷彿とさせるのだ。人を輝かせようとたち振る舞っているのが加斎にはわかる。

だからといって彼は『器』になろうとしているわけでもない。

「……立花継希《つき》だ」

織巻寿々は立花継希を目指している。

そんなこと、ユニヴェール生なら誰でも知っている。彼はそれを公言しているのだから。

しかし誰もが知らないこともある。彼の口から継希について語られることが減っている。

今回の合同公演で加斎は気づいた。

多分、観客席から立花継希を観ていた自分たちと、同じ舞台で立花継希に触れた人とでは、立花継希という人に対する見方が完全に異なる。

立花継希は、華でも器でもない。

加斎はそう思っている。多分、織巻も。

だったらなんだったのかと問われれば、まだわからないとしか言いようがないけれど。

あの純然たる輝きには、なにか別の名前があるような気がする。

しかし、その感覚をクォーツで共有するのはきっと難しい。

禁断の果実を食べて神を畏《おそ》れるようになった人間と一緒。クォーツは立花継希を求めながらも畏れている。

畏れを知らない無知な自分たちとは、きっとわかり合えない。

それがスズの心にどんな影響を及ぼしているのか。華として輝く彼を見れば見るほど加斎は考えてしまうのだ。

「人に構ってる余裕、そもそもないだろ。もっと自分のこと考えた方がいい。でなきゃお前……」

灯台の中へと足を踏み入れ、加斎はスズを真正面から見る。

「いつか潰《つぶ》れるぞ」

スズもまた、ゆっくりと加斎を見つめた。

「わかった」

あっさりと、呆気《あっけ》なく。スズが加斎に同意した。それに猛烈な怒りを覚えた。自分が求めたはずなのに失望した。なんでだよと、理不尽に思う。

否定して欲しかった。

「お前がオレのこと好きなのはよーく！　わかった！」

しかし、怒りは一瞬で消え失せた。

「……そんなこと、ひとっ言も言ってないんだけど！」

否定しながら加斎の中に安堵が広がっていく。

「大丈夫だから、お前の気持ち伝わってるから」

「だから。立花に言われるならわかるけど、織巻は違うから」

「わかったわかった」

「聞けって」

スズがぐっと背伸びして、そのまま天を仰いだ。

「加斎、お前、頭良いから色んなこと見えるし、考えられるんだろうけどさ」

展望台へと続くらせん階段。

「オレはそれを凌駕《りょうが》する『シンプル』なの！」

差し込む光を浴びながらスズが笑う。まるで主人公だ。

「……なにそれ」

「加斎は、まだまだオレに夢中になれるってことだ！」

言葉の意図を探ろうとした。それこそ考えようとした。しかし考えれば考えるほど織巻
寿々《すず》という人間から遠のいていくような気がする。

「わけわかんねー」

笑ってしまった。

加斎がぶつけた言葉の返しはなにひとつなかったけれど、なんだかもう、お腹がいっぱいだ。

「織巻ってさ、ユニヴェールでこいつ眩しいなって思うヤツいる?」

らせん階段の前に並んで加斎が最後に問うた。

「ユニヴェール生全員眩しいじゃん」

スズが当たり前のように答える。

「あとさ、ユニヴェール生は『他人』じゃなくて『仲間』だから」

そこだけは真面目な色を含んでいた。

彼にとってはきっと加斎も、仲間なのだろう。

「わかってるよ。じゃ……スタートッ!」

そう言って、二人共に走りだした。

らせん階段、内側を攻めるポジションをキープして先行するのが加斎だ。スズはその後ろにピッタリついてくる。灯台の小窓が駆ける二人の足元を照らした。加斎がスズを引き離すべくスピードを上げる。それでもスズは後ろにいて、プレッシャーを与えてきた。二つ目の小窓を過ぎる。あともうひとつ小窓を越えれば展望台から差し込む光を浴びる。加斎は更にギアを上げようとした。

「……！」

しかし、そこでグン、と風を感じる。

スズが隣に並んだ。三つ目の小窓が見える。


「……そろそろですかネ」

「さて、どちらが勝つか」

灯台を見上げながらダンテと登一が呟く。希佐と世長もじっと展望台を見つめ、勝負の行く末を見守った。

「あ〰〰〰〰〰〰〰〰〰〰〰〰〰〰〰〰〰〰〰〰ッッッッ!!」

しかし、姿よりも先にスズの声が先に届いて、希佐と世長は、ダンテと登一も、思わず目を丸くする。

「す、スズくん……!?」

「ど、どうしたんだろう……」

心配する希佐と世長。

「スズは声がおっきいネ〜」

「灯台の中で声が反響して大きくなったのか？」

ダンテと登一は驚きながらも冷静だ。

そんな希佐たちの視線の先、展望台に人の姿が見えた。希佐は慌てて目を凝らす。

「……加斎くん！」

勝者は加斎。遅れてスズが現れた。ダンテと登一がオニキスの勝利を祝ってハイタッチ。希佐と世長はなんと言っていいのか分からず、互いの顔を見る。スズはきっと、悔しい思いをしているだろう。そう、思ったのだが。

「三日月あるわッ！」

スズが再び叫んだ。えっ、と驚く希佐と世長に、ダンテが「僕たちも行きまショ」とにっこり微笑む。

そこからもらせん階段の先、灯台の展望台に出たところで希佐は全て察した。

展望台から見下ろした先、太陽の光をキラキラと反射させる水面《みなも》。

「プール……！」

プールが三日月の形をしている。

その光に魅入られるように希佐は「三日月……」と呟いた。

「あのプール、三日月プールって言うんだって」

まだ軽く息が上がった加斎が展望台に設置された案内板をこつこつ叩く。案内板にはアクティビティテラスのマップがあり、プールには形そのまま「三日月プール」と記されていた。

「小窓から三日月が見えたんだよ！　それで、三日月じゃんってなって！」

スズが身振り手振りで伝えてくる。それで思わず叫んだのか。

「おかげさまで、余裕の勝利。まぁ、あれがなくても勝ってたけど」

「くっそー!!」

スズが心底悔しそうに声を上げる。

「でもほら、ちゃんと教えてあげたでしょ」

そういえば、加斎がヒントをあげる条件として出したのは「勝負」であって「勝利」ではなかった。勝負に参加した時点で答えを摑んでいたのだ。

「それに、ここから見る『月』が一番綺麗だって」

加斎の言葉にスズがはぁーと息を吐く。

「確かにな」

スズが眩《まぶ》しそうに笑うから、加斎は少しだけ顔をそらした。

4

「最後は『ライブラリーにある読めない本のタイトルは?』、か」

ホテルの廊下を進みながら希佐が呟く。花庭園、アクティビティテラスと外が続いたが、最後は屋内。

「読めない本って……なんのことだろ」

「クイズ要素が強いのかな？　それとも、ライブラリーにあるなにかを見つけなきゃわからない？」

スズと世長も残り一問となったクイズを思案しながら前へと進む。

「あ、あそこだ、ライブラリー」

廊下の突き当たりにライブラリーと記された入り口を見つけた。希佐たちは気構えなしに中へと進む。その途端、空気が変わった。

「わ、すごい……」

希佐の口から漏れたのは、感嘆の吐息。

ライブラリーには劇場のような奥行きがあり、天井も高く、ドーム型の天窓からはやわらかな光が差し込んでいた。本棚は大小様々で、しかもそれが不規則に配置され、まるで迷路のような様相だ。

本棚に近づくと、ホテルらしい観光雑誌を始め、玉阪の歴史や文化にまつわる本や、小説、エッセイ、写真集など、幅広く取りそろえられている。

「……あれ、なんか見つけた？」

その中から本を一冊抜きとった世長にスズが問うと、彼は慌てて「ご、ごめん、面白そうな本があって、つい」と本を戻した。それだけ魅力的な場所だということだろう。希佐も気づけば光さす天窓を見上げてしまう。

「なんか美術館みてーだな」

スズの言葉に「確かに」と希佐も世長も頷いた。この空間そのものが芸術品のように見える。

「……なにやってんだ、お前たち」

そこに、呆れた声が響く。

「え、あっ、白田先輩！」

迷路のような本棚の奥から姿を見せたのは本を一冊手にした白田だったのだ。

「こんなときでも三人一緒にいるんだ」

えっ、と希佐たちは顔を見合わせる。自分たちが連れ立って行動するのは、そう珍しいことではない。特にこういう学校に絡んだ自由時間では一緒に行動することが多かった。

白田もそれは知っていそうだが。

「まぁ、別に、良いけど……」

言ってからそれに気づいたのか、白田がどこか気まずそうに顔を背《そむ》ける。

なんだか変だ、と希佐は思った。

「白田先輩、オレらクイズラリーしてるんスけど、白田先輩も一緒にやりませんか」

そんな白田にスズが物怖《ものお》じすることなく尋ねる。白田が「ええ？　なにそれ」と怪訝《けげん》そうな表情を浮かべた。しかし、嫌だ、とは言わない。

「えっと、これです」

希佐はクイズラリー用紙を差し出した。彼はそれを受けとり、不承不承《ふしょうぶしょう》といった様子だったが中身を確認する。白田の目が文字をなぞるように動いた。

「なんだと思います？　読めない本って」

スズの問いに白田は「僕はこういうの、得意じゃない」と切り捨てるように答えて、用紙も希佐に戻す。

「……ただ、これだけ本があるなら、その中にあるたった一冊を見つけろなんて面倒くさいこと言わないでしょ」

その言葉には説得力があった。なにせこの所蔵数。一冊一冊確認していたらキリがない。

「でも、答えが見えないなら突っ立ってないで探し回れば？」

その言葉にも説得力があった。

そもそもこのクイズラリーはその場にあるなにかを探すゲーム。ライブラリーにも『読めない本』に該当する〝なにか〟があるのだろう。

「おっし、じゃあ、探すか」

今までそうしてきたように、希佐たちは『読めない本』を探し始める。

解放された白田は息をついて、ただ、ここから離れるわけでもなく側にあった椅子に腰掛けた。いつも通りに見えるのだが、やはりなにかが引っかかる。気になりながらも希佐は本棚の迷路に入っていった。

「……同期、か」

本を開いて文字を追っても上手く頭に入ってこない。それでも本を逃げ場として開いたまま、白田はほんの少し前のことを振り返る。

打ち上げ会場である大広間を出て、白田一人、あてどなく歩いた。

あちこちで見かけるユニヴェール生に近づくことなく、向こうもこちらに声をかけてくることなく、歩みに目的はなくて、もっと言えば意味もない。窓の向こうに見える景色は現実なのにどこか遠い絵空事《えそらごと》。

だったら窓の向こうから見える自分は一体どう映っているのだろう。

（なにやってんだか）

さっさとユニヴェールに戻ってしまえば良かったのに。

「……帰ろ」

白田はあえて声に出す。しかし、言葉に気持ちが乗らなかった。今回の公演が白田になんらかの影響を与えているのだろうか。

「帰ろ」

今度は強めに言う。無理矢理体を動かす。

「……白田？」

そんな白田の干渉されるはずがない世界に声が落ちた。

「菅知《すがち》……」

オニキスのアルジャンヌ、菅知聖治《きよはる》。白田の同期。帰り支度《じたく》をしっかり済ませた彼がじっと白田を見ている。

なぜだろう。菅知の視線は白田から言葉を奪っていくことが多い。今もなんだか居心地が悪くて、なんとなく、黙り込んでしまう。

「……今日はお疲れ。じゃあ」

それだけのことをようやく口にして、白田は菅知の横を通り過ぎようとした。

「田中右、おったぞ」

ビリ、と痛みが走るような感覚。思わず見た菅知の目は変わらず真っ直ぐだった。逃れるように顔を背けながら「……そうか」と呟く。

いるような気がした。

大勢の観客の中、感じたのだ。77期生の宿命、あいつがいると。

だからこうも心がざわついているのか。

「……御法川も知ってるのか？」

「……」

思わず尋ねた白田に菅知はなにも言わない。その間を不審に思って再び彼を見ると、多分〝捕まった〟。

「白田、お前、主役やりたいとは思わんのか？」

は？　と思わず声が出る。

「先輩の隣並んで主役やりたいとは思わんのか？」

質問の意図がわからなかった。ただ、今のクォーツ体制を否定する言葉に思えて、白田は「クォーツの主役はフミさんとカイさんだ」と強めに返す。

それこそ昨年秋、多くの批判を浴びながらも大きく変化し成長していった二人の背中を見ていたのだ。

「……そうやない」

菅知がそれを否定した。

「なにがだよ──」

そこまで言って、言わなければ良かったと激しく後悔する。

なにを考えているのか捉えづらい菅知の目に、強い光を感じた。

「先輩の隣で同じもの見ようと思わんのか。先輩と同じように、戦って、守って……一緒にクラス背負おうとは思わんのか？」

静かな声が、うるさすぎるほど響く。

「いつまでそこから遠くを見とるんや」

菅知が一歩前に出た。押されるように一歩下がった。

「お前なら、高科先輩の隣で華やかに歌うことも、睦実先輩の隣でクラスを守るように歌うこともできるんちゃうんか」

「……っ！　あの二人の隣は、そんな簡単なものじゃ」

「当たり前やろ」

反論する白田を菅知が制する。

「それが隣に並ぶってことや。それでも隣に並ぶんや」

その言葉に、オニキスの炎があった。彼の中、絶えることなく燃え続ける炎だ。

「時間は有限や」

菅知が白田の横を通りすぎる。

「……クラス優勝を獲《と》る。絶対にや」

最後の言葉だけ、感情的だった。

「……なんだよ」

菅知がいなくなったホテルで、白田は思わず悪態をつく。

菅知は平然とホテルを去って行ったのに、白田はホテルに閉じ込められたかのような錯覚を覚えた。

いや、この場所から出て行く資格がないのではという心許《こころもと》なさか。

「なんだよ……」

そこからの風景は、あまり覚えていない。

歩いて、歩いて、歩いて、たぶん真っ暗だった。

そこにパッと届いたのだ。希佐とスズ、世長の声が。

気づけばそこがライブラリーで、目の前にたくさんの本が並んでいることを知る。いつの間にかここに佇んでいたらしい。相変わらず三人の賑やかな声。白田は本を一冊抜きとって、声の方へと歩いていた。

「……同期、か」

白田が一年だったとき。新人公演は白田がアルジャンヌで、隣には同期のジャックエースがいた。才能があったと思う。だから去ったのかもしれない。それだけ田中右宙為は鮮烈だった。

希佐たち一年は、田中右を見たとき、どうなるのだろう。

白田はもうひとつ思い出す。田中右の才能は圧倒的だったが、それでも76期生の背中は大きかったと。

オニキスなら海堂が、ロードナイトなら司が、そしてクォーツならフミが、真正面から戦う姿にクラスは守られていた。

あのとき、彼らは二年生だった。

「菅知のヤツ……」

八つ当たりじみた呟きが出て、そんな自分に嫌悪する。

感情をかき乱されるのが嫌でとっていた距離が、今では自分を責め立てる。

――ここから出たい。

そんなことを思った。

(支離滅裂だな)

白田がくしゃりと前髪を押さえる。そこに、また声が届いた。

「希佐ちゃん、なにかあった?」

「ううん、ないなぁ」

「『読めない本』~、『読めない本』~」

こちらの気も知らず呑気《のんき》な声。思わずそちらに視線を送ると、なぜか向こうもこちらを見た。

「白田先輩、どうされました?」

希佐に訊かれ、驚きながらも「いや別に」と答える。「なんかわかったらいつでもお待ちしてまーす！」と明るいスズの声。世長も邪魔をしてすみませんと言うように頭を下げる。

そこに気遣いを感じた。

こちらの気も知らず、なんて思ったけれど、希佐たちは希佐たちなりになにか感じるものがあるのだろうか。

白田は開いていた本に視線を落とす。今の白田にとってはただのオブジェ。

「……意味ないな」

それを閉じて脇に置く。そして白田は別になにをするわけでもないけれど、彷徨《さまよ》うばかりだったこの目を彼らに定めた。


「……この中にあるたった一冊を見つけ出すなんてことはないだろう、か……」

並ぶ本を眺めながら希佐が呟く。スズが「さっき白田先輩が言ってたヤツか」と言い、世長が「『読めない本』がなにを指すのか、一回ちゃんと考えた方がいいのかな」と足を止めた。「少し、視点を変える必要があるのかも」とも。

「パンはパンでもパンじゃない戦法か？」

初めて聞く戦法だが本日二度目の登場だ。

「だからえーっと、本は本でも本じゃないとか」

そのまま当てはめたスズの言葉に、世長は「そうだな……」と考え込む。

「二問目の『真昼に休む鳥』は、花庭園っていう花メインの場所で鳥が切りとられていたから、鳥から離れることはないんじゃないかって思ったんだけど……ライブラリーはこれだけ本に埋もれているわけだし」

「逆に本じゃないって可能性がある？」

「あるかも」

希佐の言葉に世長が頷く。

希佐は思い出す。このライブラリーに入った瞬間、希佐たちを圧倒したのはライブラリーという空間そのものだったことを。

「だったらライブラリー全体を大きく探してみる？　視点を広げて」

世長が「いいね」と同意した。「違ったら違ったでまた修正すればいいしな！」とスズも賛成だ。

「じゃあ、それでいこう」

「うん」

「おー！」

希佐たちは気合いを入れ直し、再びライブラリーを散り散りに探し始めた。

（……まだ見てないとこ、見ておこうかな）

希佐は入り口付近からライブラリーを見渡す。

スズが美術館のようだと言っていたが、実際にライブラリーの至る所に美術品や工芸品が飾られている。

「……ん？」

そこで希佐はライブラリーの隅《すみ》に本棚で仕切られた小さなスペースがあることに気がつく。しかしそのスペースはなにかに塞《ふさ》がれ、奥がのぞき込めないようになっていた。

「えっ、まさか……！」

そのスペースを塞ぐ『なにか』が問題だ。

希佐は思わず駆け寄る。なにせその『なにか』がもぞもぞと動いたから。しかもそれに見覚えがあった。

距離を詰め、確信する。

「い、一ノ前《いちのまえ》先輩……!?」

顔は見えず背面のみだが、本棚の隙間になぜか一ノ前衣音《いおん》がはさまっている。

（そんなことある!?）

大抵のことは落とし込める希佐も、この状況はにわかに信じがたかった。

「立花くんだね！　待ち望んでいたよ、君の来訪を！」

しかし、まるで夢のような現実が話しかけてくる。

「聞こえてたよ。『クリームラーメンの具材』を探しているんだって？」

「あっ、『クイズラリーの答え』……です」

「はっはぁ、なるほど！　全ての答えを見つけた暁には玉阪の美味しいご褒美が待っていると！」

「あっ！　それは合ってます！」

思いがけない的中に驚く希佐の前で、一ノ前の背中が自慢げにもちもち揺れる。

「ならばこの一ノ前衣音もふるってご参加しなければ！」

「それならロビーにクイズラリーの用紙が……あっ」

希佐はそこで一ノ前に改めて尋ねる。

「あの、一ノ前先輩……どうされたんですか？　一ノ前先輩が本棚にはさまれているように見えるのですが」

「ふふ……君も気づいたんだね。この世界の真実に」

一ノ前の背中が語りかけてくる。

「実は本棚の奥に『玉阪市の美味しいパン屋さん』なる本を見つけたんだ。それを手にとろうと中に入ったら……僕が本棚にはさまれサンドウィッチというわけさ！」

一ノ前が一拍あけて、

「立花くん、助けてくれ！」

「は、はい！」

希佐は一ノ前を救出すべく、彼の状態を確認する。一ノ前の体はまるで初めからそう作られたかのように、本棚の中、ジャストフィットしていた。これは引っ張り出すのも骨が折れそうだ。無理に引っ張って一ノ前の骨が本当に折れるなんてこともあってはいけない。

「……あ」

しかし、もしかしたらと閃く。正面向きにはさまっている一ノ前。

「ちょっと失礼します……」

希佐は彼の背後から左肩をゆっくりと押した。体の片方にのみ力をかけて押し込んでいく。

「あっ！」

すると詰まっていた左肩が前方に抜け、閉じていたドアが開くように一ノ前の体が横向きになった。

「で、出れたぁ!!」

真正面だと詰まっていたスペースも横向きになれば隙間が生じる。衣音はカニ歩きで本棚から抜けると喜びに打ち震えた。希佐もホッと胸をなで下ろす。

「ありがとう、立花くん！　おかげで玉阪の美味しいご褒美にありつけるよ！」

しかし余韻に浸る間はない。一ノ前はそう言って、弾丸のようにライブラリーから駆けて行った。

「そういえば、一ノ前先輩が見たかった本ってどれだろう……」

のぞき込むと奥行きはそれほど深くなくて、迷路の行き止まりのように壁が立ち塞がっている。こんな所に閉じ込められて、さぞ怖かっただろうと思っていたのだが。

「……あっ！」

希佐は思わず目を見張る。

「……ん？　どした？」

「なにかあった？」

希佐の声を聞いて駆けてきたスズと世長。希佐は彼らに「あった！」と伝え、こちらを見ていた白田にも「見つけました！」と報告する。

「マジで！」

「どこどこっ？」

スズと世長が色めき立ち、白田もふぅ、と息を吐きつつ歩み寄ってくる。

希佐は「はさまらないように気をつけてね」と注意を促しながら壁を指さした。

そこにあるのは一枚の絵画。

「あっ！」

「この絵……」

スズと世長が食い入るように見つめ、白田が「読めない、本……」と呟いた。

絵の中に、本が一冊描かれていたのだ。

「うわー、なるほどなぁ！　こりゃ『読めない本』だわ……」

感心するスズ。その隣で世長が「あっ、本にタイトルも書いてあるよ！」と叫んだ。希佐が頷いて、そこに記《しる》された文字を読み上げる。

「『閉ざされた私』」

その瞬間、なぜか全員、黙り込んでいた。

キャンバスの中に閉ざされた本。読めない本、読まれない本。永遠の孤独書。

そこにいる『私』は一体どんな顔をしているのだろう。

「でも……読めるよね」

希佐の言葉に「え……」と声を上げたのは、意外なことに白田だった。

「ほら、この本を見ただけで、あんな話かも、こんな話かもって、どんどんイメージが湧くじゃないですか」

そう言って希佐が笑う。

「確かに。見る人によって、生まれる物語も違うだろうね。この一冊に、何万通りのもの物語が存在するんだ」

世長がホッと安心したように微笑む。

「逆に中身なくても面白いしな！　こういう本があるってだけで面白い！」

一枚の絵を前に笑い合う三人。白田はその笑い声に耳を傾けながらじっと絵画を見つめる。

希佐は思った。これからは白田一人の時間なのかもしれない。

「じゃあ、レストランに行こうか。白田先輩、アドバイスありがとうございました」

「え……？　……別に、なにもしてないだろ」

「ヒントくれたじゃないスか、あざます！」

「あれで僕たち、視野が広がりました。ありがとうございました」

三人揃って礼を言い、「お疲れさまでした」とライブラリーをあとにする。

「……なんだよ」

静かになったライブラリー。胸の中にできた隙間。白田は小さくぼやいて、壁に飾られた絵を見つめる。

『閉ざされた私』

我関せずと額縁の中。少し前の自分なら、それを自由だと思っていたかもしれない。

でも、違うのだ。

人から距離をとるというのは人に縛られていることに他ならなくて、遠く距離を置いたところで、結局影響し合う。人は人から逃げられない。それがわかっているのと受けとめているのとでは話が全く異なる。自分はきっと、わかっていても受けとめられないことが多すぎるのだ。

ただ、そんな自分に気づいただけでも進歩じゃないかと思えるのは、後輩たちの楽しそうな笑い声が耳に残っているからだろうか。

彼らの笑い声が聞こえる距離感が、遠く離れた世界から白田を物語の内側に招く。

だからといって、今すぐどうこうできるわけでもないけれど。とりあえず、今は。

「……帰ろ」

白田は顔を上げ、真っ直ぐ歩きだした。

5

「……うわ、すげー！」

真っ先にスズが叫び、世長も「あれって大伊達山《おおだてやま》……!?」と声を上げる。その稜線《りょうせん》をなぞった希佐がユニヴェール歌劇学校を見つけ「ユニヴェールだ！」と目を輝かせた。

最終目的地、展望レストラン。エレベーターが開くと飛び込んできたのは、玉阪市のパノラマだった。

「すごいね、ここからユニヴェールが見えるんだ。だったら……あっ、玉阪座！　その下が比女彦通りで……あそこが玉阪座駅」

世長の指が馴染んだ町の上、地図をなぞるように動く。

「んで、あそこが多嘉良川！」

スズの視線が西から東へと移動し、町を二つに分ける川を通り過ぎた。

「……あそこが玉阪市駅、それからあそこが開のお城」

思い出が蘇《よみがえ》る。希佐は再び玉阪市の全景を目の中に映した。

「なんかすげーなぁ」

しみじみと、スズが言う。

「……玉阪と開って、本当に町の雰囲気が違うんだね。違うのに、一緒なんだね」

世長も目の前の光景を噛みしめる。

「いよし、このまま『玉阪の美味しいご褒美』もゲットしようぜ！」

うん、と三人はレストランの受付に進む。

「では、答えを確認しますね」

係の人がそう言って、スタンプラリーの用紙を回収した。待っている間、少しドキドキする。

「……はい、全問正解です！」

希佐たちが「やった！」と手を叩いた。

「では、お席にどうぞ」

ここで景品が渡されるのかと思いきや、希佐たちはレストランの中へと案内される。

「お待たせしました『玉阪の美味しいご褒美』です」

希佐たちの前に出されたのは、花の形をした最中《もなか》と味わい深い器に入ったお茶だった。歩き回った自分たちにはちょうど良いご褒美だ。再び「やった」と喜び合う。

「……あれ？」

そんなご褒美の横に説明書きが置いてあることに気がついた。「なんだろう」と手にとりそれを読み上げる。


――花最中《はなもなか》と開茶《ひらきちゃ》。

花最中は玉阪市、比女彦通りにある老舗《しにせ》和菓子店の名物で、玉阪座の華やかな役者たちを花に見立てて作られたものです。役者たちが舞台挨拶や祝い事の際、贈答品として使ったことから玉阪の名物として広く知られるようになりました。パリッとした皮に蜂蜜を加えた餡《あん》がはさまれています。

開茶は玉阪市、開で生産されている日本茶。江戸時代、ある武士が自家用に栽培していたお茶が旨いと評判になり、噂を聞きつけた開の殿様がそれを召し上がってたいそう気に入ったため、この茶の木を増やせと命じたのが始まりと言われています。香りが強く、深い旨みが特徴です。

「……これ、玉阪と開じゃねーか!」

町と一緒、異なる二つが仲良く並んでいる。

「今となっては、玉阪市が玉阪と開という異なる町だったことを知る人の方が少ないのかもしれないね」

世長が町の景色を見ながら言った。

「……」

希佐は最中をそっと手に取る。口に運べばパリッと小気味よい音を立て、口の中に優しい甘みが広がった。しっかりと噛みしめてから、今度はお茶に口をつける。まろやかで旨みが強いのに、飲んだあとはすっきりと爽やか。ただ香りは、凛《りん》と残っている。

窓の外には玉阪の景色が広がっていて、町を抱くようにそびえる大伊達山。

昔の人もこうやって、甘味とお茶を味わいながら大伊達山を眺めていたのだろうか。

「……なんだか、帰りたくなってきちゃった」

玉阪を全て飲み込んで希佐が苦笑する。スズが「わかる」と笑って、世長が「帰ろっか」と立ち上がった。

自分たちは誰かが思い描いた夢の先を歩んでいる。

夢の光跡。
自分たちが歩いた跡《あと》も、いつか誰かの光になれるだろうか。

あとがき

２０２１年3月18日に発売された青春歌劇シミュレーションゲーム「ジャックジャンヌ」。この発売から一周年を記念して執筆したのが今回収録されている「ハッピー・アニバーサリー」でした。

せっかくのお祝いですからオールキャラで華やかに、それでいて世界観の広がりを感じられるもの、作品の深掘りができるもの。

ここに私のジャックジャンヌ一周年を祝おうとする気持ちが多分に注がれ出来上がった作品です。

こちらはゲーム作成当初からお世話になっているJUMP j BOOKSさんのnoteに掲載され、たくさんの方に読んでいただくことができました。そして小説の感想として「一周年おめでとう」という言葉をたくさんいただくことができました。作品を通してお祝いの気持ちを共有できたことが嬉しく、ありがたく、今も私の記憶に強く残っております。

そして迎えた２０２５年、発売４周年。

「ハッピー・アニバーサリー」に書き下ろし小説「答えは歩いた先にある」を加え、『ジャックジャンヌ 玉阪の光跡』として書籍化されることになりました。

ジャックジャンヌは普段、主人公――立花希佐の視点で物語が進んでいきます。

性別を偽りユニヴェールの舞台に立つ少女。異物。そんな彼女だからこそ、本来であれば「普通」や「当たり前」で通り過ぎてしまうユニヴェールでの日々が「特別」に色づいてゆく。希佐――主人公の視点、フィルターを通すことで、ジャックジャンヌという世界がより広く、美しく見えてくる。

一方で、ユニヴェール生一人一人に、その人だけの視点、その人だけの世界があります。歩いてきた道も、歩んでいく道もある。「玉阪の光跡」は、そんな一人一人にスポットライトを当てるチャンスも得られた本になりました。

ですがそれも、彼らのほんの一部です。

現在、ゲーム「ジャックジャンヌ」は続編制作中。

彼らの新たな舞台を、これからも楽しみにしていただけると幸いです。

十和田シン

ジャックジャンヌ 玉阪の光跡

JACKJEANNE

ハッピー・アニバーサリー
JUMP j BOOKS公式note 掲載

答えは歩いた先にある
書き下ろし

2025年4月22日　第一刷　発行

✦ 原作・イラスト ✦
石田スイ

✦ 小説 ✦
十和田シン

企画
ブロッコリー

編集協力
北奈櫻子

編集人
千葉佳余

担当編集
六郷祐介

発行者
瓶子吉久

発行所
株式会社 集英社
〒101-8050
東京都千代田区一ッ橋2-5-10
編集部
03-3230-6297
読者係
03-3230-6080
販売部
03-3230-6393
(書店用)

印刷所
TOPPAN
クロレ株式会社

装幀
末久知佳

　Printed in Japan ISBN978-4-08-703558-2 C0293

JACK JEANNE
ジャックジャンヌ
―夏劇―
Kageki
原作・イラスト
石田スイ
小説
十和田シン
小説 JUMP j BOOKS

ジャックジャンヌ
ユニヴェール歌劇学校と
月の道しるべ

新人公演までのストーリーを小説化!!

演劇の世界に魅せられる少女・立花希佐。希佐の兄・継希は彼女の憧れだ。ユニヴェール歌劇学校でジャックエースとして活躍する継希。いつか兄と同じ舞台に立つことができたら……夢見る希佐だったが、継希がある日、忽然と姿を消した。やがて自身の夢へ手をかけるため、希佐は女性であることを隠して、ユニヴェール歌劇学校へ入学することになる……。本編新人公演までを大ボリュームでおくる!!

原作・イラスト
石田スイ
小説
十和田シン

ジャックジャンヌ

ユニヴェール歌劇学校と月の道しるべ

原作・イラスト……石田スイ
小説……十和田シン

JACK JEANNE

小説 JUMP j BOOKS

ジャックジャンヌ
七つ風

本編では描かれなかった七つの断章。

ユニヴェール歌劇学校への入学から、様々な試練を乗り越え絆を深めた希佐とクォーツの仲間たち。一年間の集大成・ユニヴェール公演まで、もうまもなく。それぞれが大切な思いを育む、七つの休日の物語。ゲーム本編最終公演でのメインキャラクター7人のエピソードが小説化!!　石田スイが彩り、十和田シンが描いた、それぞれの決意と希望がここに――。

原作・イラスト
石田スイ
小説
十和田シン